ALDOUS HUXLEY

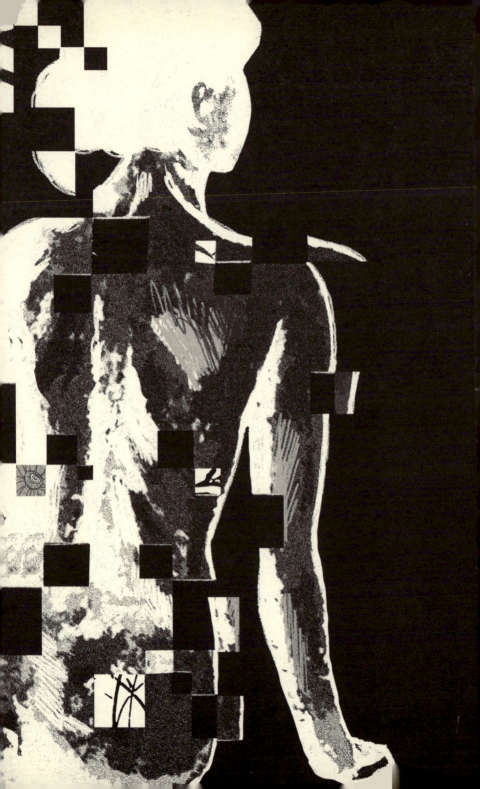

ALDOUS HUXLEY

O gênio e a deusa

tradução
Fábio Bonillo

Copyright desta edição ©1955 by Laura Huxley
Copyright da tradução © 2018 Editora Globo S. A.

Todos os direitos reservados. Nenhuma parte desta edição pode ser utilizada ou reproduzida — em qualquer meio ou forma, seja mecânico ou eletrônico, fotocópia, gravação etc. — nem apropriada ou estocada em sistema de banco de dados sem a expressa autorização da editora.

Texto fixado conforme as regras do Acordo Ortográfico da Língua Portuguesa (Decreto Legislativo no 54, de 1995).

Título original: *The Genius and the Goddess*

Editora responsável: Erika Nogueira Vieira
Editora assistente: Luisa Tieppo
Revisão: Elisa Menezes e Thays Monticelli
Diagramação: Ilustrarte Design
Capa: Thiago Lacaz
Ilustração de capa: Catarina Bessell
Foto do autor: Bettmann Archive/Getty Images

CIP-BRASIL. CATALOGAÇÃO NA PUBLICAÇÃO
SINDICATO NACIONAL DOS EDITORES DE LIVROS, RJ

H989g

    Huxley, Aldous, 1894-1963
    O gênio e a deusa / Aldous Huxley; tradução Fábio Bonillo. - 1. ed. - Rio de Janeiro :Biblioteca Azul, 2018.
    128 p.

    Tradução de: The Genius and the Goddess
    ISBN 9788525058669

    1. Ficção inglesa. I. Bonillo, Fábio. II. Título.

18-49546   CDD: 823
                                        CDU: 82-31(410.1)

1ª edição, 2018

Direitos exclusivos de edição em língua portuguesa para o Brasil adquiridos por
Editora Globo S.A.
Rua Marquês de Pombal, 25
20230-240 Rio de Janeiro - RJ
www.globolivros.com.br

"O problema da ficção", disse John Rivers, "é que ela faz muito sentido. A realidade nunca faz sentido."
"Nunca?", questionei.
"Do ponto de vista de Deus, talvez", concedeu. "Do nosso, nunca. A ficção tem unidade, a ficção tem estilo. Os fatos não têm nem uma coisa nem outra. Grosso modo, a existência se resume a uma desgraça após a outra, e cada uma dessas desgraças é simultaneamente Thurber e Michelangelo, simultaneamente Mickey Spillane e Maxwell e Thomas à Kempis. O critério da realidade é sua intrínseca falta de relevância." E quando eu perguntei "Em relação a quê?", ele gesticulou com sua mãozorra trigueira na direção das prateleiras. "Em relação ao Melhor do que já foi Pensado e Dito", declamou ele com falsa pompa. E prosseguiu: "Estranhamente, as ficções mais próximas da realidade são sempre aquelas que se pretendem as menos verídicas". Ele se inclinou e tocou a lombada de um exemplar surrado de *Os irmãos Karamázov*. "Faz tão pouco sentido que é quase real — o que já não se poderia dizer a respeito da ficção acadêmica, seja de que tipo for. A ficção da física e da química. A ficção da história. A ficção da filosofia..." Seu dedo

condenatório foi mirando de Dirac a Toynbee, de Sorokin a Carnap. "Muito menos da ficção da biografia. E este aqui é o último espécime do gênero." Da mesa ao lado ele pegou um volume com sobrecapa azul brilhante e a ergueu para que eu a inspecionasse. "*A vida de Henry Maartens*", li, com a mesma falta de interesse com que lemos uma palavra familiar. Foi então que me dei conta de que, para John Rivers, aquele nome representava algo muito maior e diverso do que uma mera familiaridade. "Você foi pupilo dele, não?"
Rivers assentiu emudecido.
"E esta é a biografia oficial?"
"A ficção oficial", corrigiu. "Um inesquecível retrato melodramático do cientista — você conhece o tipo —, o bebê babão de intelecto gigantesco; o gênio enfermiço combatendo impávido as enormes adversidades; o pensador solitário que não obstante era o mais afável homem de família; o alheado professor que andava com a cabeça nas nuvens mas tinha o coração no devido lugar. Os fatos, infelizmente, não eram assim tão simples."
"Está dizendo que o livro contém imprecisões?"
"Não, até aí é tudo verdade. Depois, é tudo bobagem — ou melhor, é inexistente. E talvez", acrescentou, "talvez *tenha* que ser inexistente. Talvez a realidade completa seja indigna demais para ser registrada, insensata demais ou horrível demais para permanecer desficcionalizada. Mesmo assim, é exasperante; para quem calha de conhecer os fatos, é até ofensivo ser bombardeado com tanto melodrama."
"Então você vai nos dar a versão correta?", presumi.
"Para o público? Deus me livre!"

"Para mim, então. Confidencialmente."

"Confidencialmente", repetiu ele. "Afinal de contas, por que não?" Deu de ombros e sorriu. "Uma pequena orgia memorialística para celebrar uma de suas raras visitas."

"Quem o ouve pensa que se refere a uma droga perigosa."

"Mas *é* uma droga perigosa", respondeu. "A gente se embriaga de memórias assim como se embriaga de gim ou de amobarbital."

"Você esquece", disse eu, "que sou escritor e que as Musas são filhas da Memória."

"E Deus", acrescentou rapidamente, "*não* é irmão delas. Deus não é o filho da Memória; Ele é o filho da Experiência Imediata. Não se pode reverenciar um espírito em espírito, a não ser que você o faça no aqui e no agora. Chafurdar no passado pode render boa literatura. Como forma de sabedoria, é inútil. O Tempo Redescoberto é o Paraíso Perdido, e o Tempo Perdido é o Paraíso Redescoberto. Que os mortos enterrem seus mortos. Se deseja viver cada momento da forma como ele se apresenta, é preciso que você morra para todos os outros momentos. Essa foi a coisa mais importante que aprendi com Helen."

Para mim o nome evocava um rosto jovem e pálido emoldurado por uma abertura quadrada num cabelo escuro, quase egípcio, em formato de sino — evocava, também, as grandes colunas douradas de Balbeque, tendo por fundo o céu azul e as neves do Líbano. Naqueles tempos eu era arqueólogo, e o pai de Helen era meu chefe. Fora em Balbeque que eu a pedira em casamento e ouvira sua recusa.

"Se tivesse se casado comigo", eu disse, "teria *eu* aprendido isso com ela?"

"Helen punha em prática o que sempre se abstinha de pregar", respondeu Rivers. "Era difícil não aprender com ela."

"E o que seria da minha escrita — e o que seria das filhas da Memória?"

"Teria havido uma maneira de aproveitar o melhor dos dois mundos."

"Aceitando um meio-termo?"

"Uma síntese, uma terceira posição que compreendesse as outras duas. Na verdade, é impossível aproveitar o melhor de um mundo, a não ser que, ao mesmo tempo, você tenha aprendido a tirar o máximo proveito do outro. Helen conseguiu até mesmo aproveitar o melhor da vida enquanto morria."

Na minha mente Balbeque dava lugar ao campus de Berkeley, e em vez da campânula de cabelos escuros de balouçar silencioso havia uma espiral cinzenta; em vez de um rosto de garota eu via os traços finos e abatidos de uma mulher envelhecida. Na época, refleti, ela já devia estar doente.

"Eu estava em Atenas quando ela morreu", disse eu em voz alta.

"Eu lembro." E prosseguiu: "Eu queria que você estivesse lá", acrescentou. "Para o bem dela — ela sempre foi muito afeiçoada a você. E, é claro, também para o *seu* bem. Morrer é uma arte que, na nossa idade, já devíamos estar aprendendo. Ver alguém que realmente sabia como morrer foi de grande ajuda. Helen sabia como morrer porque sabia como viver — viver o aqui e o agora, para a grande glória de Deus. O que necessariamente implica saber morrer para o aqui, para o agora, para o amanhã e para a nossa reles individualidade. No processo de viver como se deve viver, Helen morria a prestações diárias. Quando veio o acerto final, quase não havia mais nada a pagar. A propósito", continuou Rivers após um silêncio, "eu estava bastante perto do acerto final na última primavera. Sendo muito franco, se não fosse a penicilina eu não estaria aqui. Pneumonia: a amiga da gente velha. Agora ressuscitam-no, de modo que viva o bastante para desfrutar da arteriosclerose ou do câncer de próstata. Então, veja, tudo é totalmente póstumo. Todos estão mortos menos eu, e eu mesmo já passei da hora. Se eu der a versão certa, será como um fantasma a falar de fantasmas. Mas, de qualquer maneira, é véspera de Natal; uma história de fantasma vem bem a calhar. Além disso, você é um amigo das antigas, e ainda que transponha tudo *mesmo* para um romance, será que isso realmente importa?"

Sua ampla fronte enrugada iluminou-se com uma expressão de afável ironia.

"Se importa", garanti-lhe, "não escreverei."

Desta vez ele riu-se de pronto.

"As mais férreas promessas são como palha para o fogo que arde no sangue", citou.[1] "Eu preferiria confiar minhas filhas a Casanova a confiar meus segredos a um romancista. Os fogos literários são ainda mais quentes que os do sexo. E as promessas literárias são ainda mais inflamáveis que as matrimoniais ou monásticas."

Tentei objetar, mas ele recusou-se a ouvir.

---

1 "The strongest oaths are straw to th' fire i' th' blood", Shakespeare, *A tempestade*, ato IV, cena I. (Todas as notas são do tradutor.)

O gênio e a deusa 11

"Se eu ainda quisesse guardar segredo", disse ele, "não lhe contaria. Mas *quando* você publicar, faça o favor de se lembrar da costumeira nota de rodapé. Você sabe... qualquer semelhança com personagens vivas ou mortas é mera coincidência. Mas *mera*! Voltemos agora então aos Maartens. Ainda tenho um retrato aqui em algum lugar." Ele catapultou-se da cadeira, caminhou até a mesa e abriu uma gaveta. "Aqui estamos todos juntos — Henry, Katy, as crianças e eu. E por um milagre", acrescentou após futucar os papéis na gaveta por um instante, "está onde deveria estar."

Entregou-me a desbotada ampliação de uma fotografia instantânea. Mostrava três adultos de pé na frente de um chalé veranil — um homem pequeno, magro, os cabelos brancos e o nariz aquilino, um jovem gigante em camisa de mangas, e no meio, loura, a rir, ombros largos e busto avantajado, uma esplêndida valquíria vestida com uma incoerente e estreitíssima saia que chegava às canelas. No chão estavam sentadas duas crianças, um garoto de nove ou dez anos e uma irmã mais velha no início da mocidade, de tranças no cabelo.

"Como ele parece velho!", foi meu primeiro comentário.
"Velho o bastante para ser o avô das crianças."
"E infantil o bastante, aos cinquenta e seis, para ser o caçula de Katy."
"Um incesto deveras complicado."
"Mas que dava certo", insistiu Rivers. "Que dava tão certo que acabou por se transformar numa simbiose cotidiana. Ele vivia dela. E ela estava lá para que vivessem dela — a encarnação da maternidade."

Olhei de novo a fotografia.

"Que mistura fascinante de estilos! Maartens é gótico puro. Sua mulher, uma heroína wagneriana. As crianças parecem saídas diretamente da pena da sra. Molesworth.[2] E você, você..." Ergui o olhar até aquela cara quadrada, coriácea, que me confrontava do outro lado da lareira, e o baixei para o instantâneo. "Tinha me esquecido de como você era bonito. Uma réplica romana de Praxíteles."

"Não conseguiria passar por um original?", defendeu.

Balancei a cabeça.

"Veja só esse nariz", eu disse. "Veja o traçado da mandíbula. Isso não é Atenas; é Herculano. Mas felizmente as garotas não estão interessadas em história da arte. Para todos os fins práticos amorosos, você era o artigo genuíno, o verdadeiro deus grego."

Rivers fez uma careta irônica.

"Aparência para o papel eu tinha", disse ele. "Mas interpretar mesmo..." Ele balançou a cabeça. "Para mim, nada de Ledas, nem Dafnes, nem Europas. Lembre-se de que naqueles tempos eu ainda era o produto consumado de uma criação deplorável. O filho de um pastor luterano que, após completar doze anos, tornou-se o único consolo da mãe viúva. Sim, seu *único* consolo, apesar do fato de considerar-se cristã devota. O pequeno Johnny aqui ficou com o primeiro, o segundo e o terceiro lugares; Deus não passava de um azarão. E é claro que o único consolo não teve escolha senão tornar-se o filho exemplar, o pupilo brilhante, o campeão es-

2 Referência a Mary Louisa Molesworth (1839-1921), prolífica escritora infantil de muita popularidade na era vitoriana, autora do conto de fadas *The Cuckoo Clock* (1877), hoje tida como antiquada apesar do vívido retrato que fazia das crianças inglesas.

colar infatigável, que deixou todo o seu suor na faculdade e na pós-graduação e não teve tempo livre para nada que fosse mais sutil que o futebol ou o clube de canto,[3] para nada que fosse mais edificante que o sermão semanal do reverendo Wigman."

"Mas as garotas deixavam que você as ignorasse? Com um rosto como *esse*?" Apontei para o atleta de cabelos encaracolados da foto.

Rivers permaneceu em silêncio, e em seguida respondeu com outra pergunta.

"Alguma vez a *sua* mãe já lhe disse que o mais incrível presente de casamento que um homem pode dar à noiva é a própria virgindade?"

"Felizmente, não."

"Bem, a minha disse. E o fez, o que é ainda pior, de joelhos, no meio de uma prece improvisada. Ela era ótima nas preces improvisadas", acrescentou à guisa de parênteses. "Ainda melhor que o meu pai. As sentenças saíam mais uniformes, a linguagem tinha um arremedo arcaico mais genuíno. Ela era capaz de discutir nossa situação financeira ou repreender minha relutância em comer mingau de tapioca empregando as mesmas frases da Epístola aos Hebreus. Como proeza de virtuosidade linguística, era impressionante. Infelizmente eu não conseguia ver a coisa nesses termos. A artífice era minha mãe, e a ocasião era solene. Tudo que ela dizia enquanto conversava com Deus tinha que ser aco-

---

3 No original, *glee club*, instituição de canto orfeônico comum às escolas britânicas para moços, sendo *glee* um antigo gênero musical cantado em coro de três a quatro vozes *a capella*.

lhido com seriedade religiosa. Principalmente quando tinha que ver com o grande assunto que não se podia pronunciar.

Aos vinte e oito, acredite se quiser, eu ainda tinha aquele presente de casamento para dar à minha hipotética noiva."

Fez-se silêncio.

"Meu pobre John", disse eu por fim.

Ele balançou a cabeça.

"Pobre da minha mãe, isso sim. Ela tinha planejado tudo tão perfeitamente. Uma monitoria na minha velha universidade, depois um magistério como assistente, depois um como titular. Jamais haveria necessidade de que eu saísse de casa. E quando eu beirasse os quarenta, ela me arranjaria casamento com alguma maravilhosa garota luterana que a amaria como à própria mãe. Mas, graças a Deus, lá foi John Rivers para a cucuia. Mas a graça de Deus estava por vir — e num rompante, como eu em breve veria. Numa bela manhã, algumas semanas depois de eu obter meu ph.D., recebi uma carta de Henry Maartens. Ele pesquisava átomos em St. Louis, na época. Precisava de outro pesquisador assistente, ouvira boas recomendações de meu professor, não poderia oferecer mais que um salário escandalosamente magro — mas teria eu interesse? Para um físico incipiente, era a oportunidade de toda uma vida. Para minha pobre mãe, foi o fim de tudo. Compenetradamente, agoniadamente, ela rezou. Para eterno crédito dela, Deus disse-lhe que me deixasse partir.

"Dez dias depois um táxi me largou na soleira dos Maartens. Lembro-me de estar parado lá a suar frio, tentando reunir coragem para tocar a campainha. Feito um estudante delinquente que tem hora marcada com o diretor. O primeiro enlevo que tive com minha inacreditável boa sorte evaporara-se havia muito tempo, e durante os últimos dias em casa e em todas as intermináveis horas da viagem eu ficara pensando exclusivamente em minha inadequação. Quanto tempo levaria para que um homem como Henry Maartens desvendasse um homem como eu? Uma semana? Um dia? Uma hora, eu diria! Ele me desprezaria; eu seria motivo de chacota no laboratório. E fora dele as coisas seriam igualmente horríveis. Poderiam até ser muito piores. Os Maartens pediram que eu me hospedasse com eles até encontrar um lugar só meu. Que gentileza extraordinária! Porém, que crueldade diabólica! Na atmosfera de austera erudição daquele lar eu iria me revelar como eu era — tímido, tapado, incorrigivelmente provinciano. Mas, enquanto isso, o diretor esperava. Rilhei os dentes e apertei o interruptor. A porta foi aberta por uma daquelas velhas serviçais de cor, saídas de uma antiga peça de teatro. Você sabe, do tipo que nasceu antes da abolição e desde então não parou de servir a sinhá Belinda. Sua atuação pendia para o piegas; mas seu papel inspirava compaixão e, embora adorasse um salamaleque, Beulah não era meramente uma preciosidade; como eu logo descobriria, ela ia já muito adiantada no caminho para a santidade. Expliquei quem eu era e, conforme falava, ela me olhou de alto a baixo. Devo ter parecido satisfatório; pois daquele instante em diante ela me adotou como um membro da família havia muito extraviado, espécie de Filho Pródigo que acabava de voltar dos ermos. 'Vou lhe preparar um sanduíche e uma boa xícara de café', insistiu ela, e acrescentou: 'Estão todos aqui'. Abriu uma porta e empurrou-me. Preparei-me para encontrar o diretor e uma barragem de erudição. Mas entrei mesmo foi em algo que, se tivesse visto quinze anos depois, teria tomado por uma paródia em tom menor de um filme dos Irmãos Marx. Eu estava numa sala de estar enorme e extremamente desarrumada. Largado no sofá estava um homem encanecido com o colarinho da camisa desabotoado, aparentemente à beira da morte — pois seu rosto estava lívido e ele inspirava e soltava o ar com uma espécie de chiado. Muito chegado a ele, numa cadeira de balanço — a mão esquerda pousada na testa do homem e a direita segurando um exemplar do *Universo pluralista* de William James —, a mulher mais bonita que eu já tinha visto lia em silêncio. No chão estavam duas crianças — um ruivinho brincando com um trem de corda e uma garota de catorze anos com calças compridas, deitada de bruços a escrever poesia (consegui distinguir o formato das estrofes) com um lápis vermelho. Estavam todos tão absortos no que faziam — brincando ou versejando, lendo ou morrendo — que, por ao menos meio minuto, minha presença na sala passou completamente despercebida. Tossi, não houve reação, tornei a tossir. O menininho ergueu a cabeça, sorriu para mim muito educado mas pouco interessado, e voltou para o trenzinho. Esperei mais dez segundos; então, desesperado, avancei sala adentro. A poetisa recostada obstruía minha passagem. Pulei por cima dela. 'Perdoe-me', murmurei. Ela não prestou atenção; mas a leitora de William James ouviu e ergueu o olhar. Por cima do *Universo pluralista* seus olhos resplandeciam de tão azuis. 'É você o homem da fornalha?', perguntou. Tinha o rosto de uma beleza tão radiante que por um momento não consegui dizer palavra. Só consegui balançar a cabeça. 'Boba!', disse o menininho. 'O homem do gás tem bigode.' 'Meu nome é Rivers', consegui balbuciar finalmente. 'Rivers?', repetiu ela, inexpressiva. 'Rivers? Ah, *Rivers*!' Houve um súbito despontar de reconhecimento. 'É um prazer...' Mas, antes que pudesse terminar a frase, o homem que chiava feito moribundo arregalou um par de olhos horripilantes, fez um barulho de grito de guerra aspirado e, pulando de um salto, correu na direção da janela aberta. 'Cuidado!', berrou o menininho. '*Cuidado*!' Ouviu-se um barulho. 'Ai, Jesus!', acrescentou ele num tom de aflição reprimida. Uma estação central inteira estava em ruínas, reduzida aos bloquinhos. 'Jesus!', repetiu a criança; e quando a poetisa lhe disse que não devia dizer Jesus, ele ameaçou: 'Então vou dizer algo *realmente* ruim. Vou dizer...'. Seus lábios articularam uma blasfêmia muda.

"Da janela, enquanto isso, vinha o tenebroso som de um homem sendo lentamente enforcado.

"'Com licença', disse a bela mulher. Levantou-se, deixou o livro e acorreu em socorro. Ouviu-se um ruído metálico. A barra de sua saia havia derrubado um semáforo. O menininho emitiu um ganido de raiva. 'Sua *boba*', gritou. 'Sua... sua *elefanta*.'

"'Os elefantes', disse a poetisa didaticamente, 'sempre olham para onde vão.' Em seguida girou a cabeça e, pela primeira vez, apercebeu-se de minha existência. 'Eles esqueceram você completamente', explicou-me num desdenhoso tom de fatigada superioridade. 'As coisas são assim por aqui.'

"Perto da janela ainda se desenrolava o vagaroso enforcamento. Vergado, como se alguém o tivesse atingido no ventre, o homem encanecido lutava para respirar — lutando o que aparentava e soava como uma batalha perdida. Ao lado dele estava a deusa, dando-lhe tapinhas nas costas e murmurando palavras de incentivo. Eu estava perplexo. Aquela era a coisa mais terrível que eu já tinha visto. Uma mão puxou a bainha das minhas calças. Voltei-me e encontrei a poetisa olhando para mim. Tinha um rostinho estreito, intenso, com olhos cinzentos, muito afastados e só um pouco maiores do que ditava a harmonia. '*Melancólica*', disse ela. 'Preciso de três palavras para rimar com *melancólica*. Tenho *hiperbólica* — nada mau. E tenho *bucólica* — que é simplesmente maravilhosa. Mas que acha de *diabólica?*...' Ela balançou a cabeça; depois, com os olhos semicerrados, leu em voz alta. '*De minh'alma melancólica a terrível profundeza diabólica*. Não gosto. E você?' Tive de admitir que não. 'Mas é exatamente o que desejo dizer', prosseguiu. Tive uma inspiração. 'Que tal *fantasmagórica?*' Seu rosto irradiou contentamento e empolgação. Mas é claro, é claro! Como tinha sido tola! O lápis vermelho começou a rabiscar furioso. '*De minh'alma melancólica*', declamou triunfante, '*a tumba fantasmagórica*.' Devo ter transparecido dúvida, porque ela logo me perguntou se eu achava '*catacumba fantasmagórica*' melhor. Antes que pudesse responder ouviu-se outro som ainda mais alto de estrangulamento. Mirei na direção da janela, depois devolvi o olhar à poetisa. 'Não há nada que possamos fazer?', sussurrei. A menina balançou a cabeça. 'Consultei a *Enciclopédia Britânica*', respondeu. 'Lá diz que a asma nunca abreviou a vida de ninguém.' Então, vendo-me ainda atormentado, encolheu os ombrinhos ossudos e disse: 'Você meio que acaba se acostumando'."

Rivers riu-se saboreando a memória.

"'Você meio que acaba se acostumando'", repetiu. "Cinquenta por cento das Consolações da Filosofia resumidas em seis palavras. E os outros cinquenta por cento poderiam ser expressos em sete: Irmão, quando você estiver morto, estará morto. Ou, se preferir, podemos subir para oito: Irmão, quando você estiver morto, *não* estará morto."

Ele se levantou e começou a reavivar o fogo.

"Bem, foi essa a minha introdução à família Maartens", disse enquanto punha outra acha de carvalho sobre o montículo de lenha calcinada. "Eu meio que acabei me acostumando a tudo rápido demais. Até à asma. É notável a facilidade com que se acostuma à asma alheia. Duas ou três experiências depois eu já encarava os acessos de Henry com a mesma calma das outras pessoas. Num momento ele estava estrangulando; no momento seguinte estava como novo e falando pelos cotovelos sobre mecânica quântica. E seguiu representando o ato até chegar aos oitenta e sete anos. Ao passo que *eu* terei sorte", acrescentou, dando uma última cutucada na acha, "se chegar aos sessenta e sete. Eu era atleta, você sabe. Um daqueles tipos fortes como um touro. E nunca tive doença nenhuma, até que — bum! — rompe-se-me uma coronária, ou — bang! — lá se vão meus rins! Já os valetudinários como o pobre Henry vivem mais e mais, queixando-se da saúde precária até virarem centenários. E não apenas se queixando — sofrendo de verdade. Asma, eczema, toda variedade de dor abdominal, fadigas inacreditáveis, depressões indescritíveis. Ele tinha um armário no escritório e outro no laboratório abarrotados de garrafinhas e remédios homeopáticos, e nunca saía de casa sem seus Rhus Tox, Carbo Veg, Bryonia, Kali Phos. Céticos, os colegas riam-se dele por ministrar-se pílulas de medicamentos tão prodigamente diluídos que jamais poderiam conter uma única molécula da substância curativa.

"Mas Henry estava preparado para o ataque. Para justificar a homeopatia, desenvolvera toda uma teoria dos campos imateriais — campos de energia pura, campos de organização desencarnada. Naqueles tempos, soava ridículo. Mas não esqueça que Henry era um homem de gênio. Aquelas suas ideias ridículas começam agora a fazer sentido. Mais alguns anos e serão óbvias."

"Fiquei *mesmo* interessado", disse eu, "foi nas dores abdominais. As pílulas funcionavam ou não?"

Rivers deu de ombros.

"Henry viveu até os oitenta e sete", respondeu, e voltou ao seu assento.

"Mas não teria chegado aos oitenta e sete sem as pílulas?"

"Eis aí", disse Rivers, "um exemplo perfeito de uma pergunta inútil. Não podemos ressuscitar Henry Maartens e fazê-lo levar a vida de novo sem a homeopatia. Portanto, nunca poderemos saber a relação da sua longevidade com a automedicação. E quando não existe espaço para uma resposta operacional, não existe sentido concebível na pergunta. É por isso", acrescentou, "que nunca poderá haver uma ciência da história — porque não se pode comprovar a verdade de nenhuma de suas hipóteses. Daí a absoluta irrelevância de todos esses livros. E ainda assim temos que ler essas desgraças. Senão, como encontrar saída para o caos da realidade imediata? É evidente que se trata do caminho errado; isso nem é preciso que eu diga. Mas é melhor encontrar uma saída ruim do que ficar totalmente perdido."

"Uma conclusão nem um pouco tranquilizadora", arrisquei.

"Mas é a melhor a que podemos chegar — ao menos em nossa situação atual." Rivers guardou silêncio por um momento. "Bem, como eu ia dizendo", retomou, agora em outro tom, "eu meio que acabei me acostumando à asma de Henry, meio que acabei me acostumando a todos eles, a tudo aquilo. A tal ponto que, quando depois de um mês procurando casa terminei enfim encontrando um apartamento barato e não muito pestilento, não quiseram me deixar ir. 'Aqui você já está', disse Katy, 'e daqui você não sai.' A velha Beulah apoiou. Assim como Timmy e, embora estivesse na idade e com o temperamento de divergir de tudo o que todos aprovavam, também Ruth, um tanto relutante. Até o grande homem desanuviou por um momento a cabeça — que ia sempre nas nuvens — para indicar que era também pela minha permanência. Estava sacramentado. Tornei-me um agregado; tornei-me um Maartens honorário. Fiquei tão feliz", continuou Rivers após uma pausa, "que fiquei pensando, não sem algum desconforto, que certamente havia algo de errado. E logo descobri o que era. Ser feliz com os Maartens implicava ser desleal ao meu lar. Era ter de admitir que em todo o tempo que vivi com minha mãe nunca experimentei nada além de repressão e um sentimento crônico de culpa. E agora, como membro dessa família de estranhos pagãos, não me sentia apenas feliz, mas também bom; e, de maneira completamente inédita, religioso. Pela primeira vez soube o que significavam todas aquelas palavras das epístolas. *Graça*, por exemplo — eu estava abarrotado de graça. A novidade do espírito — ela estava ali o tempo todo, enquanto com minha mãe tudo o que eu conhecera era a mortificadora senilidade da letra. E o que dizer de 1 Coríntios, 13? O que dizer da *fé*, da *esperança* e da *caridade*? Ora, sem querer me gabar, eu tinha-os todos. Fé, acima de tudo. Uma fé redentora no universo e no meu próximo. Ao passo que aquela outra espécie de fé — aquela fé simplista, luterana, que minha pobre mãe tanto se envaidecia de ter preservado intacta, feito uma virgindade, ao longo de todas as tentações de minha educação científica..." Ele deu de ombros. "Nada pode ser mais simples que zero; e aquela, descobri de repente, fora a fé simplista em que eu tinha vivido nos últimos dez anos. Em St. Louis eu tinha a fé genuína — fé verdadeira numa bondade verdadeira, e ao mesmo tempo uma esperança que avultava à positiva convicção de que tudo seria sempre maravilhoso. E à fé e à esperança se juntava uma transbordante caridade. Como se poderia sentir afeição por alguém feito Henry, alguém tão alheado que mal sabia quem eu era e tão autocentrado que nem o desejava saber? Era impossível simpatizar com ele — eu, contudo, simpatizava, simpatizava mesmo. Gostava dele não só pelas razões óbvias — por ser um grande homem, porque trabalhar com ele era como ter minha inteligência e minha acuidade alçadas a um patamar inédito. Gostava dele até mesmo fora do laboratório, pelas qualidades mesmas que impossibilitavam considerá-lo algo além de um monstro de muita finura. Eu tinha tanta caridade naqueles dias que bem podia ter amado um crocodilo, podia ter amado um polvo. A gente lê todas essas ficções criadas pelos sociólogos, todo esse despropósito erudito criado pelos cientistas políticos." Com um desdenhoso gesto de exasperação Rivers desferiu palmadinhas no dorso de uma fileira de corpulentos volumes na sétima prateleira. "Mas na verdade há apenas uma única solução, aquela que se exprime numa palavra de quatro letras, uma palavra tão chocante que até o Marquês de Sade a usava com parcimônia." Ele a soletrou. "A-M-O-R. Ou caso prefira a decorosa obscuridade das línguas cultas, *agape*, *caritas*, *mahakaruna*. Naqueles tempos eu realmente vim a saber do que se tratava. Pela primeira vez — sim, pela primeira vez. Aquele foi o único aspecto inquietante numa situação em suma beatífica. Pois se aquela fora a primeira vez em que soube o que significava amar, o que poderia dizer de todas as outras vezes em que julguei saber, o que dizer daqueles dezesseis anos em que fui o único consolo de minha mãe?"

Na pausa que se seguiu eu invoquei a memória daquela sra. Rivers que quase cinquenta anos atrás vinha com seu pequeno Johnny passar uma ou outra tarde de domingo conosco na fazenda. Recordava uma alpaca preta, um perfil pálido feito o rosto do camafeu de tia Esther, um sorriso cuja deliberada ternura não parecia condizer com aqueles olhos frios e escrutinadores. A imagem estava associada a uma sensação enregelante de apreensão. "Dê um beijo na sra. Rivers." Eu obedecia, mas com que amedrontada relutância! Uma frase de tia Esther surgiu, isolada, como uma bolha, das profundezas do passado. "Essa pobre criança", ela disse, "simplesmente *reverencia* a mãe." De fato a reverenciava. Mas a teria amado?

"Por acaso existe a palavra 'desembelezar'?", perguntou Rivers de repente.

Neguei com a cabeça.

"Pois devia", insistiu. "Era isso que eu fazia nas cartas que enviava a casa. Registrava os fatos, conquanto os desembelezasse sistematicamente. Eu transformava uma revelação em algo maçante, ordinário, moralista. Por que eu estava me hospedando nos Maartens? Por um senso de dever. Porque o dr. M. não dirigia e eu podia ajudá-lo a buscar e carregar as coisas. Porque as crianças tiveram a infelicidade de ter aulas com um par de professores inadequados e precisavam de todo o suporte que eu pudesse oferecer. Porque a sra. M. fora de tamanha amabilidade que eu senti que simplesmente *tinha* de ficar e aliviá-la de ao menos alguns de seus muitos fardos. Naturalmente eu teria preferido minha privacidade; mas teria sido certo impor minhas inclinações pessoais às necessidades deles? E uma vez que a pergunta era endereçada à minha mãe, só podia, é claro, haver uma resposta. Quanta hipocrisia, que monte de mentiras! Mas teria lhe causado muita dor ouvir a verdade que também me doeria pôr em palavras. Pois a verdade é que eu nunca tinha sido feliz, nunca tinha amado, nunca tinha me sentido capaz de um altruísmo espontâneo até o dia que saí de casa e fui viver em meio àqueles amalequitas."[4]

Rivers suspirou e balançou a cabeça.

"Pobre mamãe", disse. "Imagino que poderia ter sido mais gentil com ela. Mas nenhuma gentileza teria alterado os fatos cruciais — o fato de que ela me amava possessivamente e o fato de que eu não queria ser possuído; o fato

---

[4] Povo pagão descendente de Amaleque (Gênesis 36,12-16) que no Antigo Testamento importuna os israelitas e cuja memória o Senhor diz querer riscar do mapa (Êxodo, 17,14-16).

de que ela vivia sozinha e perdera tudo e o fato de que eu tinha agora novos amigos; o fato de que ela era uma estoica orgulhosa, vivendo na ilusão de que era cristã, e o fato de que eu degenerara num completo paganismo e que, sempre que podia tirá-la de minha cabeça — o que fazia todos os dias com exceção dos domingos, quando lhe escrevia minha carta semanal —, ficava numa alegria suprema. Sim, uma alegria suprema! Naqueles dias, a vida me parecia uma écloga entremeada de cânticos. Tudo era poesia. Conduzir Henry ao laboratório a bordo do meu Maxwell de segunda mão; cortar a grama; carregar as compras de Katy até a casa debaixo da chuva — pura poesia. Assim como levar Timmy até a estação para contemplar as locomotivas. Assim como levar Ruth a passeios durante a primavera para procurar lagartas. Ela tinha um interesse profissional por lagartas", explicou quando manifestei minha surpresa. "Era parte da síndrome Melancólica-Fantasmagórica. As lagartas eram o que havia de mais próximo a Edgar Allan Poe na vida real."

"Edgar Allan Poe?"

"'Pois a peça é a tragédia, Homem'", declamou, "'e seu herói, o Verme Conquistador.' Em maio e junho o campo abundava de Vermes Conquistadores."

"Se fosse hoje em dia", refleti, "não seria Poe. Ela estaria lendo Spillane ou alguma história em quadrinhos das mais sádicas."

Ele aquiesceu com a cabeça.

"Seja o que for, por pior que seja — contanto que falasse de morte. A morte", repetiu ele, "de preferência a violenta, de preferência a com tripas e decomposição, é um dos apetites da infância. Quase tão forte quanto o apetite por bonecas, guloseimas ou brincar com os órgãos genitais. As crianças precisam da morte para obter um tipo de excitação novo e deliciosamente asqueroso. Não, não é bem assim. Precisam disso, assim como precisam das outras coisas, para dar uma feição específica às excitações que já possuem. Você consegue se lembrar da pujança das suas sensações, da intensidade com que sentia tudo, quando era menino? O arrebatamento que causavam as framboesas com creme, o horror dos peixes, o inferno do óleo de rícino! E a tortura que era levantar e recitar diante de toda a classe! O prazer inexprimível de se sentar ao lado do condutor, sentindo subir às narinas o cheiro de suor do cavalo e de couro, a estrada branca se estendendo na lonjura infinita e os campos de milho e repolho lentamente se abrindo e fechando como enormes leques conforme a carroça os contornava. Quando se é criança, nossa mente é como uma espécie de solução saturada de sentimento, uma suspensão de todos os sobressaltos — mas em estado latente, em estado de indeterminação. Às vezes são as circunstâncias externas que atuam como agente de cristalização, às vezes é a nossa própria imaginação. É só querer algum tipo especial de excitação que nós logo a obtemos forçosamente — um cristal de prazer, brilhante e rosáceo, por exemplo, ou um torrão de medo, verde ou violáceo; porque o medo, é claro, é uma excitação como qualquer outra, o medo é um tipo de diversão hediondo. Aos doze, eu achava a maior diversão assustar-me com fantasias sobre a morte, sobre o inferno de que o meu pobre pai falava em seus sermões de quaresma. E Ruth, que se apavorava ainda mais do que eu! Quanto mais apavorada numa extremidade da escala de medo, mais esfuziante ficava na outra. E isso vale, ouso dizer, para todas as moças. A solução delas é mais concentrada do que a nossa, conseguem produzir mais rapidamente cristais os mais variados, avantajados e sólidos. É desnecessário dizer que naqueles tempos eu não sabia nada sobre as moças. Mas Ruth foi para mim uma educação liberal — um pouco liberal demais, como descobri depois; mas no devido tempo chegaremos lá. Entrementes, ela começara a me ensinar o que todo rapaz deveria saber sobre elas. Foi um bom preparo para minha carreira de pai de três filhas."

Rivers bebericou seu uísque com água, descansou o copo e por um tempo chupou o cachimbo em silêncio.

"Houve um fim de semana particularmente instrutivo", disse por fim, sorrindo à memória. "Foi durante minha primeira primavera com os Maartens. Estávamos hospedados na pequena casinha que tinham no campo, dez milhas a oeste de St. Louis. Depois de cear, na noite de sábado, Ruth e eu saímos para ver as estrelas. Havia uma pequena colina atrás da casa. Bastava escalá-la para abarcar todo o céu de horizonte a horizonte. Cento e oitenta graus de um intocado e inexplicável mistério. Era um bom lugar para apenas sentar e calar. Mas naqueles tempos eu ainda sentia possuir o dever de aclarar a mente das pessoas. Por isso, em vez de deixá-la em paz vendo Júpiter e a Via Láctea, regurgitei todos aqueles fatos e números enfadonhos — a distância em quilômetros até a estrela mais próxima, o diâmetro da galáxia, as últimas notícias que o observatório Mount Wilson tinha das nebulosas espirais. Ruth ouviu, mas sua mente não se aclarou. Pelo contrário, descaiu numa espécie de pânico metafísico. Quantos espaços, quantas durações, tantos mundos em meio a mundos improváveis! E diante do infinito e da eternidade lá estávamos nós ocupando a cabeça com ciência e economia doméstica e chegar na hora, com a cor das fitas de cabelo e das notas semanais em álgebra e gramática latina! Então, no pequeno bosque atrás da colina, começou a piar uma coruja, e de imediato o pânico metafísico se transformou em algo físico — físico mas ao mesmo tempo oculto; porque aquele arrepio na boca do estômago se devia à superstição de que as corujas são aves adivinhas, portadoras de maus presságios, arautos da morte. Ela sabia, é claro, que eram disparates; mas como era extasiante pensar e agir como se fosse verdade! Aos risos, tentei demovê-la; mas Ruth queria sentir assombro e estava pronta para racionalizar e justificar seus temores. 'A avó de uma das minhas colegas de sala morreu ano passado', disse-me. 'E naquela noite havia uma coruja no jardim. Bem no meio de St. Louis, onde nunca tem coruja.' Como que para confirmar sua história, um novo pio explodiu ao longe. A menina tremeu e agarrou meu braço. Começamos a descer a colina na direção do bosque. 'Se eu estivesse sozinha já estaria morta', disse. E em seguida, após um momento: 'Já leu *A queda da casa de Usher*?' Estava patente que ela queria me contar a história; então eu disse não, não a li. Ela logo desatou a falar. 'É sobre um casal de irmãos da família Usher, e eles vivem numa espécie de castelo com um lago arroxeado na frente, e tem fungos nas paredes, e o irmão se chama Roderick e ele tem uma imaginação tão febril que consegue escrever poesia sem nem parar para pensar, e ele é moreno e bonito e tem olhos muito grandes e um belo nariz judeu, assim como sua irmã gêmea, que se chama Lady Madeline, e os dois estão muito mal de uma misteriosa doença nervosa e ela é dada a acessos de catalepsia...' E assim prosseguia a narrativa — um pouquinho de Poe puxado da memória seguido de uma enxurrada de dialeto ginasial dos anos 1920 — enquanto caminhávamos pela encosta relvada sob a luz das estrelas. Já estávamos na estrada e rumando para a escura muralha do bosque. Enquanto isso a mísera Lady Madeline havia morrido e o jovem sr. Usher perambulava entre a tapeçaria e os fungos num estado de incipiente ensandecimento. E não admira! 'Não dizia eu que meus sentidos eram aguçados?', declamou Ruth num sussurro excitado. 'Agora lhes conto que ouvi seus primeiros débeis movimentos no caixão vazio. Ouvi-os muitos, muitos dias atrás.' À nossa volta a escuridão se adensara e subitamente as árvores nos cingiam e fomos engolfados pelo redobrado negrume do bosque. Acima de nossas cabeças, no teto de ramagem, vinha de pouco em pouco o brilho chanfrado de uma escuridão mais pálida, mais azul, e dos dois lados do túnel as paredes se abriam aqui e ali em misteriosas fissuras de um desbotado crepe cinza e de um pretejado prateado. E que bafio de podridão no ar! Que frio úmido nas bochechas! Era como se a fantasia de Poe tivesse se consumado em fato sepulcral. Havíamos adentrado, assim parecia, na cripta da família Usher. 'E de repente', dizia Ruth, 'de repente se ouviu uma espécie de som metálico, como quando você derruba uma bandeja num chão de ardósia, mas meio abafado, como se rolasse por um poço fundo, porque, você sabe, embaixo da casa havia um porão enorme onde toda a família estava enterrada. E depois de um minuto ela estava na porta — a imponente e amortalhada figura de Lady Madeline Usher. E em suas vestes brancas havia sangue, porque ela tinha passado uma semana lutando para sair do caixão, porque é claro que ela tinha sido enterrada viva. Muitas pessoas são enterradas vivas', explicou Ruth. 'É por isso que aconselham a escrever assim no testamento: não me enterrem antes de meter um ferro em brasa na sola do meu pé. Se eu não acordar está tudo bem; podem prosseguir com o velório. Não fizeram isso com Lady Madeline, ela estava num estado cataléptico, só, até que acordou dentro do ataúde. E o Roderick tinha ouvido ela por todos esses dias, mas por algum motivo não tinha dito nada. E agora estava ela ali, toda de branco, cheia de sangue, cambaleando para a frente e para trás no limiar, e então ela deu um grito assustadíssimo e caiu em cima dele, e ele gritou também e...' Mas nesse momento ouvimos uma comoção intensa no matagal invisível. Mais negra que a própria escuridão, uma coisa enorme surgiu na estrada logo à nossa frente. O berro de Ruth superou em altura os gritos de Madeline e Roderick combinados. Agarrou o meu braço, escondeu o rosto na manga. A aparição resfolegou. Ruth berrou de novo. Mais um resfolegar, depois o tinido de cascos se afastando. 'É só um cavalo perdido', disse eu. Mas seus joelhos tinham cedido, e se eu não a tivesse pego e descido com cuidado até o chão, ela teria desabado. Fez-se um longo silêncio. 'Assim que você se cansar de ficar sentada na terra', eu ironizei, 'poderemos ir embora.' 'E o que você teria feito se *fosse* um fantasma?', perguntou ela por fim. 'Eu teria corrido e não voltaria até que tudo tivesse acabado.' 'O que quer dizer com isso?', perguntou. 'Ora, você sabe o que acontece às pessoas que encontram fantasmas', respondi. 'Ou morrem de susto na hora, ou ficam com os cabelos brancos e enlouquecem.' Mas em vez de rir, como eu esperava, Ruth disse que eu era um grosso, e prorrompeu em lágrimas. Aquele coágulo negro, que o cavalo e Poe e sua própria fantasia tinham cristalizado na solução de sentimento dela, era uma coisa valiosa demais para ser descartada com tão pouco-caso. Sabe aqueles pirulitos gigantes que as crianças passam o dia todo lambendo? Bem, assim era o medo dela — uma guloseima que durava um dia inteiro, e dela ela queria extrair o máximo, lambendo e lambendo até chegar ao amargo gostoso do fim. Levei mais de meia hora para conseguir fazê-la recobrar a compostura e o juízo. Já passava da sua hora de dormir quando chegamos a casa, e Ruth foi direto para o quarto. Temi que tivesse pesadelos. Em absoluto. Dormiu a sono solto e de manhã desceu para tomar café contente como um passarinho. Mas um passarinho que tinha lido Poe, um passarinho que ainda nutria interesse por vermes. Depois do café saímos para caçar lagartas e topamos com algo realmente estupendo — uma enorme larva de mariposa-beija-flor, rajada de verde e branco e com uma ponta na cauda. Ruth cutucou-a com um raminho e a coitadinha enrolou-se primeiro para um lado, depois para o outro, num paroxismo de fúria e medo impotentes. 'A torcer e se retorcer às aguilhoadas indefesa', recitou exultante, 'dos farsantes se nutre como se fora grama, e os anjos pranteiam dos vermes as presas tingidas do sangue que o homem derrama.'[5] Mas desta vez o cristal de medo não era maior que um dia-

---

5 "It writhes, it writhes with mortal pangs/ The mimes become its food,/ And the angels sob at vermin fangs/ With human blood imbued", Poe, "The Conqueror Worm".

mante numa aliança de noivado fajuta. A ideia de morte e decomposição que ela havia saboreado, na noite anterior, em função da sua própria amargura intrínseca era agora um mero condimento, um tempero para reforçar o gosto da vida e torná-la mais inebriante. 'Dos vermes as presas', repetia ela, e dava no verme verde outra cutucadela, 'dos vermes as presas...' E num transbordamento de ânimos ela passou a cantar 'If You Were the Only Girl in the World' a plenos pulmões. A propósito", acrescentou Rivers, "como é sintomático que esse nojo de música surja a reboque de todo grande massacre! Foi criada na Primeira Guerra, retomada na Segunda e ainda era esporadicamente gorjeada enquanto a matança corria solta na Coreia. É a última palavra em sentimentalismo, em conluio com as últimas palavras em políticas maquiavélicas de poder e violência indiscriminada. Deveríamos ser gratos por isso? Ou isso só serve para aprofundar o nosso desespero em relação à raça humana? Eu realmente não sei... e você?"
Balancei a cabeça.
"Bem, como eu ia dizendo", retomou ele, "ela começou a cantar 'If You Were the Only Girl in the World', mudou o verso seguinte para 'e eu fosse dos vermes as presas', depois parou, mergulhou na direção de Grampus, o cocker spaniel, que se esquivou e disparou a toda velocidade campo afora, com Ruth firme em seu encalço. Acompanhei-a caminhando e, quando por fim a alcancei, ela estava em cima de um montículo, Grampus arfando a seus pés.
O vento soprava e ela o defrontava, como uma miniatura de Vitória de Samotrácia, os cabelos soltando-se de seu rostinho corado, sua saia curta estalando e drapejando como

uma flâmula, o algodão de sua blusa pressionado pela corrente de ar contra um corpinho magro que ainda era tão esguio e masculino como o de Timmy. Seus olhos estavam fechados, seus lábios modulavam alguma muda rapsódia ou invocação. O cachorro virou a cabeça conforme eu me aproximava e balançou o rabo troncudo; mas Ruth estava muito enlevada em seu arrebatamento para poder me ouvir. Teria sido quase um sacrilégio perturbá-la; então estaquei a alguns metros de distância e fui de mansinho sentar-me na grama. Enquanto a observava, um sorriso beatífico lhe fendeu os lábios e o rosto inteiro pareceu irradiar como que uma luz interior. Subitamente sua expressão se alterou; ela emitiu um gritinho, abriu os olhos e olhou ao redor com um ar de assustado maravilhamento. 'John!', chamou agradecida quando me avistou, e então correu e caiu de joelhos ao meu lado. 'Estou tão feliz de você estar aqui', disse. 'E veja só o velho Grampus. Cheguei até a pensar que...' Ela se deteve e com o indicador da mão direita tocou a ponta do nariz, os lábios, o queixo. 'Ainda lhe pareço a mesma?', perguntou. 'A mesma', assegurei, 'mas, para falar a verdade, até um pouco mais a mesma.' Ela riu, e foi antes um riso de alívio que de divertimento. 'Quase parti', confidenciou. 'Para onde?', perguntei. 'Não sei', disse ela, balançando a cabeça. 'Culpa daquele vento. Soprando e soprando. Soprando tudo que tinha na minha cabeça — você e Grampus e todo mundo, todo mundo lá de casa, todo mundo lá da escola, e todos que já conheci ou que estimei. Todos foram soprados, e não sobrou nada além do vento e da sensação de estar viva. E todos estavam se transformando numa coisa só e sendo soprados. E se eu deixasse, não haveria como parar. Eu teria atravessado montanhas e cruzado o oceano e ido parar talvez bem no meio daqueles buracos negros que existem entre as estrelas que contemplamos ontem à noite.' Ela estremeceu. 'Você acha que eu teria morrido?', perguntou. 'Ou ficado cataléptica, levando a crer que eu estava morta, e teria acordado num caixão?' Era Edgar Allan Poe que voltara. No dia seguinte ela me mostrou uns versos irregulares lamentáveis, nos quais os terrores da noite e os êxtases da manhã haviam sido reduzidos aos já familiares 'melancólicos' e 'fantasmagóricos' em que consistiam toda sua rima. Que abismo entre a *im*pressão e a *ex*pressão! Aí reside nosso irônico destino — ter sentimentos shakespearianos e (a não ser por uma chance em um bilhão de calharmos de *ser* Shakespeare) falar deles como vendedores de automóveis, ou adolescentes, ou professores universitários. Praticamos a alquimia reversa — tocamos o ouro e ele se converte em chumbo; tocamos os puros versos líricos da experiência e eles se convertem nos equivalentes verbais da tripa e do chiqueiro."

"Não está sendo indevidamente otimista em relação à experiência?", indaguei. "Seria assim sempre tão áurea e poética?"

"Intrinsecamente áurea", insistiu Rivers. "Poética devido à sua natureza essencial. Mas é claro que, se você estiver afundado o bastante na tripa e no chiqueiro que os bolores da opinião pública propagam, tenderá automaticamente a poluir suas impressões logo na fonte; irá recriar o mundo à semelhança das próprias ideias — e, é claro, suas próprias ideias são as ideias de todo mundo; de modo que o mundo em que vive será sempre formado pelos Menores Denominadores Comuns da cultura local. Mas a poesia original está sempre lá — sempre", insistiu.

"Até para os velhos?"

"Sim, até para os velhos. Contanto que, é claro, consigam recapturar sua inocência perdida."

"E você já teve êxito, se me permite a pergunta?"

"Acredite se quiser", respondeu Rivers, "às vezes tenho. Ou talvez seja mais veraz dizer que às vezes acontece comigo. Aconteceu ontem, aliás, enquanto eu brincava com meu neto. De um minuto para o outro — a transformação de chumbo em ouro, do solene chiqueiro professoral em poesia, do tipo de poesia que a vida costumava ser o tempo todo enquanto vivi com os Maartens. Cada segundo dela."

"Até os momentos no laboratório?"

"Esses foram alguns dos melhores", respondeu-me. "Momentos de papelada, momentos de fuçar com engenhocas experimentais, momentos de discussão e debate. A coisa toda não passava de puro idílio poético, de Teócrito ou Virgílio. Quatro jovens ph.D. no papel de aprendizes de pastor, tendo Henry por patriarca, a ensinar aos rapazes os segredos de seu ofício, jogando pérolas de sabedoria, urdindo fios intermináveis ao redor do novo panteão da física teórica. Como um rapsodo, golpeava a lira e cantava a metamorfose da Massa mundana em Energia celestial. Entoava os irremediáveis amores do Elétron pelo seu Núcleo. Melodiava o Quantum e aludia sombriamente aos mistérios da Indeterminação. Era idílico. Lembre que aqueles eram os dias em que você podia ser um físico sem sentir culpa; os dias em que ainda era possível acreditar que se trabalhava pela grande glória de Deus. Hoje, não lhe permitem nem mesmo o conforto do autoengano. Quem o paga é a Marinha e quem o persegue é o FBI. Nem por um segundo lhe permitem esquecer a finalidade do seu trabalho. *Ad majorem Dei gloriam?* Não seja tolo! *Ad majorem hominis degradationem* — é para o que você trabalha. Mas em 1921 estávamos protegidos dessas máquinas infernais do futuro. Em 1921 éramos apenas um bando de inocentes seguidores de Teócrito, desfrutando da espécie mais imaculada de diversão científica. E quando a diversão no laboratório chegava ao fim, eu levava Henry para casa no Maxwell e tinha lugar outro tipo de diversão. Às vezes era o jovem Timmy, às turras com a regra de três. Às vezes era Ruth, que simplesmente não conseguia ver por que o quadrado da hipotenusa devia *sempre* ser igual à soma dos quadrados dos dois catetos. *Naquele* caso, sim; ela era a primeira a admitir. Mas por que em *todos*? Apelavam ao pai. Mas Henry passara tanto tempo no mundo da Alta Matemática que agora já se esquecera de como fazer somas; e seu interesse por Euclides se justificava somente porque o exemplo de Euclides era o clássico exemplo de raciocínio baseado num círculo vicioso. Após poucos minutos soltando umas frases totalmente desnorteantes, o grande homem se enfadava e saía de fininho, abandonando-me para que resolvesse o problema de Timmy com algum método um pouco mais simples do que uma análise vetorial, para que aplacasse as dúvidas de Ruth com argumentos um pouco menos subversivos de toda fé na racionalidade que os de Hilbert e Poincaré. Depois, no jantar, havia a ruidosa diversão das crianças narrando à mãe os acontecimentos do dia letivo; a sacrílega diversão de ver Katy interromper um solilóquio de Henry sobre a teoria geral da relatividade com uma pergunta recriminatória acerca das calças de flanela que ele deveria ter buscado na lavanderia; a diversão sulista das observações que Beulah fazia à conversa, ou a diversão épica de um de seus relatos contando tintim por tintim como costumavam matar os porcos lá na sua fazenda. E depois, quando as crianças iam para a cama e Henry se trancava no escritório, havia a diversão das diversões — minhas noites com Katy."

Rivers recostou-se na cadeira e fechou os olhos.

"Não sou muito bom em reparar nas coisas", disse após um curto silêncio. "Mas o papel de parede, tenho quase certeza, era de um tom rosa meio desbotado. E o abajur com certeza era vermelho. Tinha que ser vermelho, porque no rosto dela sempre havia aquele rubor enquanto permanecia ali sentada a cerzir nossas meias ou a pregar os botões das crianças. Um rubor no rosto, mas nunca nas mãos. As mãos se moviam na claridade da luz sem anteparo. Que mãos fortes ela tinha!", acrescentou ele, sorrindo. "Que mãos eficientes! Nem de perto lembravam os fardos anímicos que eram as mãos das sacrossantas donzelas! Juro por Deus, eram mãos hábeis com chaves de fenda; mãos que conseguiam consertar as coisas quando havia remendos a fazer; mãos que sabiam fazer uma massagem ou, quando necessário, dar uma palmada; mãos que tinham tino para as massas folhadas e não se importavam em esvaziar penicos. Tudo nela harmonizava com as mãos. Seu corpo — seu corpo era o corpo de uma robusta e jovem matrona. Uma matrona com a cara de uma camponesa saudável. Não, não é bem isso. Tinha o rosto de uma deusa disfarçada de moça camponesa saudável. Deméter, talvez. Não, Deméter era triste demais. Tampouco Afrodite; na feminilidade de Katy não havia nada de fatal ou de obsessivo, de uma sensualidade contrafeita. Se deusa havia, só podia ser Hera. Hera interpretando o papel de uma leiteira — mas uma leiteira de gênio, uma leiteira que frequentara a faculdade." Rivers abriu os olhos e tornou a pôr o cachimbo entre os dentes. Ainda sorria. "Eu me lembro de algumas coisas que ela disse sobre os livros que eu lia em voz alta de noite. H. G. Wells, por exemplo. Ele a fazia lembrar-se dos arrozais de sua Califórnia nativa. Hectares e mais hectares de água reluzente, que no entanto nunca eram mais fundos que cinco centímetros. E aquelas senhoras e senhores dos romances de Henry James — será que alguma vez, perguntava-se ela, se dignavam a ir ao banheiro? E D. H. Lawrence. Como ela amava seus primeiros livros! Todo cientista devia ser obrigado a cursar uma especialização em Lawrence. Era o que ela dizia ao reitor quando ele vinha para o jantar. Este era um químico muito distinto; e se foi *post hoc* ou *propter hoc*, não sei, mas sua mulher tinha a aparência de quem tinha puro ácido acético no lugar das secreções. As observações de Katy não foram nem um pouco bem recebidas." Rivers gargalhou. "E às vezes", prosseguiu, "não líamos; apenas conversávamos. Katy me falou de sua infância em San Francisco. Dos bailes e das festas que veio depois a frequentar. De três rapazes que se apaixonaram por ela — um mais rico e, se bobear, mais estúpido que o outro. Aos dezenove ficou noiva do mais rico e mais burro. Comprado o enxoval, os presentes começaram a chegar. E então Henry Maartens entrou em Berkeley como professor visitante. Ouviu-o palestrar sobre a filosofia da ciência, e após a aula foi a uma festa que deram em sua homenagem. Foram apresentados. Ele tinha um nariz de águia, uns olhos de gato siamês, era a cara de Pascal nos retratos, e quando ria, lembrava um cano engolindo uma tonelada de carvão. Quanto ao que *ele* viu — deve ter sido indescritível. Conheci Katy aos trinta e seis, quando era Hera. Aos dezenove, devia ser Hebe e as três Graças e todas as ninfas de Diana num só ser. E lembre que Henry acabara de se divorciar da primeira esposa. Pobre mulher! Simplesmente não tinha força bastante para interpretar os papéis que lhe prescreviam — concubina de um amante infatigável, administradora da vida de um desmiolado distraído, secretária de um homem de gênio, e útero, placenta e sistema circulatório do equivalente psicológico de um feto. Após dois abortos e um colapso nervoso, fez as malas e voltou para a casa da mãe. Henry ficou à solta, todos os quatro dele — feto, gênio, desmiolado e amante ávido —, procurando uma mulher capaz de satisfazer as exigências de uma relação simbiótica, na qual caberia a ela toda a entrega, e a ele, todo o benefício voraz e infantil. A procura durou quase um ano. Henry começou a desesperar. E agora, de repente, a contento, ali estava Katy. Foi amor à primeira vista. Ele a levou até um canto e, ignorando todos na sala, destampou a falar. Desnecessário dizer que nunca lhe ocorreu que ela devia ter lá os seus próprios interesses e problemas, que nunca lhe entrou na cabeça que talvez levá-la para fora fosse a coisa mais adequada a fazer. Ele apenas deu vazão ao que, no momento, calhava de ocupar sua mente. Na ocasião eram os mais recentes desenvolvimentos da lógica. Katy, é claro, não entendia uma palavra daquilo; mas ele era um gênio tão patente, um colosso tão indescritível, que ali mesmo, antes de findar a noite, ela fez a mãe convidá-lo para jantar. Ele foi, terminou o que tinha de falar e, enquanto a sra. Hanbury e seus convidados jogavam bridge, mergulhou no campo da semiótica com Katy. Três dias depois houve uma espécie de piquenique organizado pela Sociedade Audubon, e os dois trataram de se separar dos outros convivas quando chegaram a um arroio. E, por fim, houve a noite em que foram ouvir a *Traviata*. "Rum-tum-tum-*tum*-te-tum." Rivers cantarolou o tema do prelúdio do terceiro ato. "Foi irresistível; sempre é. A caminho de casa, no táxi, ele a beijou — beijou-a com uma intensidade apaixonada e ao mesmo tempo com um tato, uma competência que a semiótica e o alheamento não lhe haviam de todo antecipado. Depois disso tornou-se evidente demais que seu noivado com o pobre Randolph tinha sido um engano. Ah, mas que berreiro e estardalhaço quando ela anunciou sua intenção de se tornar a senhora Henry Maartens! Um professor abilolado, que não dispunha de nada além do próprio ordenado, divorciado da primeira mulher e, de lambuja, velho o bastante para ser seu pai! Mas tudo o que podiam dizer era inteiramente irrelevante. A única coisa que importava era o fato de que Henry pertencia a outra espécie; e *esta* sua espécie, e não a de Randolph — o *Homo sapiens*, e não o *Homo ignorans* —, era a espécie que lhe interessava por ora. Três semanas após o terremoto, casaram-se. Será que alguma vez ela lamentou perder seu milionário? Lamentou

Randolph? A resposta a esta pergunta — que é o cúmulo do ridículo — foi uma risada estrondosa. Mas os cavalos que ele possuía, ela acrescentou enquanto enxugava as lágrimas, os cavalos eram outra história. Os seus cavalos eram árabes, e o gado do seu sítio eram Herefords puro-sangue, e atrás do casario havia um enorme lago com toda espécie de patos e gansos formidáveis. A pior parte de ser a esposa de um professor pobre numa cidade grande era nunca ter a chance de afastar-se das pessoas. Claro, havia muita gente boa, muita gente inteligente. Mas a alma não consegue se alimentar só de gente; precisa de cavalos, precisa de porcos e aves aquáticas. Randolph poderia tê-la rodeado de todos os animais que seu coração podia desejar, mas isso tinha um preço: ele próprio. Ela sacrificou os animais e escolheu o gênio — o gênio, apesar de todos os pesares. E para ser sincero (ela admitiu com uma risada, ela falou sobre isso com um desprendimento bem-humorado), para ser sincero *havia* pesares. À sua própria maneira, embora por razões completamente diferentes, Henry conseguia ser quase tão burro quanto o próprio Randolph. No que dizia respeito às relações humanas, era um idiota; nas questões práticas da vida, era um asno. Mas que asno interessante, que imbecil brilhante! Henry conseguia ser insuportável; mas ele sempre valia a pena. *Sempre*! E ela me concedeu um elogio ao acrescentar que talvez, quando eu me casasse, minha esposa sentisse o mesmo a meu respeito. Que eu podia ser insuportável, mas sempre valeria a pena."

"Pensei que você tinha dito que ela não era dada a galanteios", comentei.

"E é verdade", disse ele. "Você acha que ela estava iscando o anzol com lisonjas. Mas não estava. Estava apenas asseverando um fato. Eu tinha lá os meus predicados; mas era também intratável. Vinte anos de educação formal e toda uma vida com minha pobre mãe tinham produzido um verdadeiro monstro." Nos dedos da mão esquerda espalmada ele enumerou os componentes do monstro. "Eu era um jeca letrado; era um atleta que não conseguia arrastar a asa a uma garota; era um fariseu com complexo de inferioridade, era um presunçoso que secretamente invejava as pessoas que desaprovava. E mesmo assim, a despeito de tudo, valia a pena tolerar-me. Eu era completamente bem-intencionado."

"E neste caso, imagino, você fez muito mais do que ter boas intenções. Estava apaixonado por ela?", perguntei.

Houve uma breve pausa; depois Rivers assentiu com vagar.

"Completamente", disse.

"Mas se você não sabia arrastar a asa a garota nenhuma..."

"Não se tratava de uma garota", respondeu. "Tratava-se da esposa de Henry. Cortejar era impensável. Além disso, eu era um Maartens honorário, o que fazia dela minha mãe honorária. E também não era apenas questão de moralidade. Eu nunca *quis* arrastar a asa. Eu a amava metafisicamente, quase teologicamente — da maneira que Dante amava Beatriz, da maneira que Petrarca amava Laura. Com uma ligeira diferença, no entanto. No *meu* caso foi sincero para valer. Eu de fato *vivia* meu idealismo. Não havia nenhum petrarcazinho ilegítimo por aí. Nenhuma

O gênio e a deusa 43

sra. Alighieri e nenhuma daquelas rameiras a quem Dante julgou necessário recorrer. Era paixão, mas era também castidade; ambas queimavam a fogo alto. Paixão e castidade", repetiu ele, e balançou a cabeça. "Aos sessenta anos a gente esquece o que as palavras significam. Hoje em dia só sei o significado daquela palavra que substituiu todas essas — indiferença. *Io son Beatrice*", declamou. "E o que não é Helena não me interessa. Que fazer? Os velhos têm mais em que pensar."

Rivers calou-se; e de repente, como que para elucidar o que ele dizia, ouviu-se apenas o bater do relógio em cima da lareira e os sussurros das labaredas entre as toras.

"Como pode alguém acreditar seriamente na própria identidade?", prosseguiu. "Na lógica, A é igual a A. Não na prática. O eu-agora é uma bagunça só; o eu-outrora é outra completamente diferente. Olho hoje para o John Rivers que sentia tudo aquilo por Katy. É como um teatro de marionetes, é como ver Romeu e Julieta com o binóculo de ópera invertido. Não, também não é bem isso: é como olhar pelo lado errado do binóculo, para os fantasmas de Romeu e Julieta. E Romeu certa vez se chamou John Rivers, e esteve apaixonado, e teve ao menos dez vezes mais vida e energia que em tempos comuns. E o mundo em que vivia então — completamente transfigurado!

"Eu me lembro de como ele costumava olhar as paisagens; e de como as cores eram incomparavelmente mais claras, os padrões que as coisas formavam no espaço inacreditavelmente belos. Eu me lembro de como ele olhava à sua volta nas ruas, e de como St. Louis, acredite se quiser, era a cidade mais esplêndida que já fora construída. As pessoas, as casas, as árvores, os Fords T, os cães nos postes — tudo tinha mais significado. Significavam o quê, você talvez se pergunte? E a resposta é: a si mesmos. Eram realidades, não símbolos. Goethe estava absolutamente errado. *Alles vergängliche* NÃO *é uma Gleichnis*.[6] A todo instante cada transição é eternamente aquela transição. Aquilo que confere significado é seu próprio ser, e seu próprio ser (como vemos com tanta clareza quando estamos apaixonados) é aquele mesmo Ser com o S maiúsculo mais garrafal possível. Por que se ama a mulher por quem se está apaixonado? Porque ela *é*. E esta, afinal de contas, é a própria definição que Deus faz de Si: eu sou Aquele que é. A garota é aquela ela é. Um pouco de seu ser transborda e impregna o universo inteiro. Os objetos e os eventos deixam de ser os meros representantes de categorias e tornam-se sua própria singularidade; deixam de ser ilustrações de abstração verbal e tornam-se concretos por completo. Então a paixão acaba, e o universo desmorona, quase com um riso de zombaria, recaindo em sua insignificância costumeira. Poderia *permanecer* transfigurado? Talvez pudesse. Talvez seja apenas questão de ter amor a Deus. Mas isto", acrescentou Rivers, "está fora de propósito. Ou melhor, é a única coisa que sempre está dentro de propósito; mas se ousássemos nos expressar assim, seríamos evitados por todos os nossos respeitáveis amigos e talvez até acabássemos no hospício. Então voltemos tão rápido quanto possível para algo um pouco menos perigoso. Voltemos a Katy, voltemos aos nossos pranteados..."

---

6 "O transitório não é uma alegoria." Inversão do verso que abre o tomo segundo do *Fausto* de Goethe.

Ele se deteve.

"Você ouviu alguma coisa?"

Desta vez eu ouvira distintamente. Era o som, ainda que abafado pela distância e por um heroico autocontrole, de uma criança soluçando.

Rivers levantou-se e, metendo o cachimbo no bolso, caminhou até a porta e a abriu.

"Bimbo?", chamou interrogativo, e depois falou consigo: "Como diabos conseguiu sair do berço?".

Por resposta ouvimos apenas um soluçar mais alto.

Ele passou ao corredor e um instante depois ouviu-se o barulho de passos pesados nas escadas.

"Bimbo", ouvi-o dizer, "meu bom e velho Bimbo! Veio ver se conseguia pegar o Papai Noel com a boca na botija, não é?"

O soluço avultou a um trágico *crescendo*. Levantei e segui meu anfitrião escadas acima. Rivers estava sentado no último degrau, com os braços — gigantescos e cobertos por aquele tweed áspero — a envolver uma figurinha em pijamas azuis.

"É o vovô", continuou ele repetindo. "É o vovô engraçado. O Bimbo fica comportadinho com o vovô." O soluço pouco a pouco cessou. "O que foi que fez o Bimbo acordar?", perguntou Rivers. "O que foi que fez o Bimbo escalar o berço?"

"Cachorro", disse a criança, e ante a lembrança de seu sonho começou a chorar de novo. "Cachorrão."

"Cachorros são muito engraçados", Rivers tranquilizou-o. "Os cachorros são tão bobos que não conseguem dizer nada além de au-au. Agora pense em quantas coisas o Bimbo consegue dizer. Mamãe. Pipi. Papai. Gato. Os cachorros não são espertos. Não conseguem dizer nenhuma dessas coisas. Só au-au-auuu." Ele começou a imitar um mastim. "Ou au-au-auuu." Agora imitava um lulu-da-pomerânia. "Ou auuuuuu." Uivava lúgubre e grotescamente. Vacilante, entre um e outro soluço, a criança começou a rir. "Isso aí", disse Rivers. "Vejam como o Bimbo ri de todos esses cachorros bobos! Sempre que vê um, sempre que ouve aquele latido bobalhão, ele ri mais e mais e mais." Desta vez a criança riu de todo o coração. "E agora", disse Rivers, "o vovô e o Bimbo vão dar uma volta." Ainda segurando a criança nos braços, ele levantou-se e ganhou o corredor. "Esse aqui é o quarto do vovô", disse, abrindo a primeira porta. "Infelizmente acho que não tem nada de interessante aqui." A próxima porta estava entreaberta; ele avançou. "E esse é o quarto da mamãe e do papai. E aqui fica o armário com todas as roupas da mamãe. Não têm um cheiro bom?" Ele fungou ressoando alto. A criança o imitou. "Le Shocking de Schiaparelli", continuou Rivers. "Ou será Femme? Não importa, os perfumes servem ao mesmo propósito; porque é o sexo, o sexo, o sexo que faz o mundo girar — como, lamento dizer, você irá descobrir daqui a alguns anos, meu pobre Bimbo." Ternamente roçou sua bochecha contra a pálida seda que eram os cabelos da criança, depois foi ao espelho de corpo inteiro que havia na porta do banheiro. "Veja só isso", ele me chamou. "Veja só!"

Fui plantar-me ao seu lado. Lá estávamos nós no espelho — um par de idosos curvados e flácidos e, nos braços de um deles, um pequeno e delicado menino Jesus.

"E pensar que", disse Rivers, "e pensar que um dia fomos todos assim. Começamos como um caroço de protoplasma, uma máquina de comer e evacuar. Viramos algo assim. Algo de uma pureza e de uma beleza quase sobrenaturais." Encostou mais uma vez a bochecha na cabeça da criança. "Depois vem uma época ruim de espinhas e puberdade, após a qual temos um ano ou dois, na casa dos vinte anos, em que somos verdadeiros Praxíteles. Mas Praxíteles logo ganha peso e começa a perder cabelo, e nos quarenta anos seguintes degeneramos em uma ou outra variedade do gorila humano. O gorila-varapau — esse é você. Ou a variedade com rosto coriáceo — eu mesmo. Ou talvez o bem-sucedido gorila-homem-de-negócios — você sabe, do tipo que lembra o traseiro de um bebê com dentes falsos. Quanto às gorilas fêmeas, aquelas pobres coitadas com pintura nas bochechas e orquídeas na proa... Não, nem falemos nelas, melhor nem aventar."

A criança nos seus braços bocejou às nossas reflexões, depois se virou, repousou a cabeça no ombro do avô e fechou os olhos. "Acho que já podemos levá-lo ao berço", Rivers sussurrou e avançou para a porta.

"A gente sente", disse lentamente quando alguns minutos mais tarde paramos para olhar aquele rostinho cujo sono havia transfigurado na imagem de uma serenidade extraterrena, "a gente sente tanta pena deles. Eles não sabem o que lhes espera. Setenta anos de ciladas e traições, de armadilhas e embustes."

"*E* de diversão", eu completei. "Diversão às raias do êxtase, às vezes."

"É claro", concordou Rivers enquanto dava as costas ao berço. "É isso que atrai as armadilhas." Desligou a luz, fechou a porta com cuidado e seguiu-me escadas abaixo. "Diversão — qualquer tipo de diversão. A diversão do sexo, a diversão da comida, a diversão do poder, a diversão do conforto, a diversão da posse, a diversão da crueldade. Mas ou há um anzol sob a isca, ou quando você a puxa ela aciona um gatilho que libera os tijolos ou o balde de caca de passarinho, ou seja lá o que o brincalhão cósmico preparou para você." Voltamos a nossos lugares na biblioteca cada um de um lado da lareira. "Que espécie de arapucas estarão esperando aquela pobre criaturinha reluzente que está lá no berço? É quase insuportável pensar nisso. O único consolo é saber que antes do acontecido haverá a ignorância, e depois dele, o esquecimento, ou ao menos a indiferença. Cada cena do balcão se torna um caso de pigmeus em outro universo! E no fim, é claro, sempre há a morte. E enquanto há a morte, há a esperança." Ele reabasteceu nossos copos e reacendeu seu cachimbo. "Onde eu estava?"

"No céu", respondi, "com a sra. Maartens."

"No céu", repetiu Rivers. E em seguida, após uma pausa: "Aquilo durou", prosseguiu, "cerca de quinze meses. De dezembro até a segunda primavera, com uma pausa de dez semanas no verão, enquanto a família estava no Maine. Dez semanas do que deveriam ser minhas férias em casa, mas de fato foram — apesar da casa de família, apesar da minha pobre mãe — um exílio dos mais desoladores. E não foi só de Katy que senti falta. Senti saudade de todos eles — de Beulah em sua cozinha, de Timmy no chão com os seus trenzinhos, de Ruth e seus poemas estapafúrdios, da asma de Henry e do laboratório e daqueles extraordinários monólogos que ele proferia acerca de tudo.

Que bênção foi, em setembro, recuperar meu paraíso! O Éden no outono, as folhas a cair, o céu azul ainda, a luz mudando de ouro para prata. Depois o Éden no inverno, o Éden com as lâmpadas acesas e a chuva além das janelas, as árvores desfolhadas feito hieróglifos contra o pôr do sol. E depois, no começo daquela segunda primavera, veio um telegrama de Chicago. A mãe de Katy estava doente. Nefrite — e estávamos numa época anterior às sulfas, anterior à penicilina. Katy fez as malas e alcançou a estação a tempo de pegar o próximo trem. As duas crianças — as três crianças se você contar Henry — ficaram a cargo de Beulah e de mim. Timmy não nos deu nenhum trabalho. Mas os outros, eu lhe garanto, os outros mais do que compensavam a sensatez de Timmy. A poetisa recusava-se a comer as ameixas no café da manhã, não se dignava a pentear os cabelos, negligenciava os deveres de casa. O ganhador do prêmio Nobel não conseguia levantar na hora, cancelava aulas, atrasava-se em todo compromisso. Sem contar outras delinquências mais graves. Ruth esmigalhou o cofre de porquinho e dissipou um ano de poupança num estojo de maquiagem e num vidro de perfume ordinário. No dia seguinte à partida de Katy, ela estava com a aparência e o cheiro da Prostituta da Babilônia."

"Para proveito do Verme Conquistador?"

"Os vermes saíram de cena", respondeu. "Poe ficou tão antiquado quanto 'Over There' ou 'Alexander's Ragtime Band'.[7] Ela estava lendo Swinburne, acabara de descobrir os

---

[7] Canções de Irving Berlin e de George M. Cohan de muita popularidade nos Estados Unidos no período da Primeira Guerra Mundial.

poemas de Oscar Wilde. O universo agora era bem diferente e ela própria era outra pessoa — outra poetisa com um vocabulário inteiramente novo... Doce pecado; desejo; garras de jaspe; o arroxeado dos punhos machucados; os êxtases e as rosas do vício; e lábios, é claro, lábios retorcidos e mordiscados até que a espuma tivesse gosto de sangue — todo aquele mau gosto adolescente da rebeldia vitoriana tardia. E no caso de Ruth as novas palavras vinham acompanhadas de novos fatos. Ela não era mais um menininho de saias e tranças; era uma mulher em flor, com dois peitinhos que carregava para lá e para cá delicada e cautelosamente, como se fossem um par de espécimes zoológicos de enorme valor mas muito perigosos e constrangedores. Eram fonte, percebia-se, de orgulho e vergonha misturados, de intenso deleite e, portanto, de uma assombrosa sensação de culpa. Nossa linguagem é de uma rudeza inacreditável! Se não mencionamos os correspondentes fisiológicos da emoção, estamos falseando os fatos conforme se apresentam. Mas se não os mencionamos, é como se estivéssemos tentando ser brutos e cínicos. Seja paixão ou a atração da mariposa pela luz, seja ternura, adoração ou anseio romântico, o amor sempre é acompanhado por acontecimentos nas terminações nervosas, na pele, nas membranas mucosas, nos tecidos glandular e erétil. Os que não falam assim são mentirosos. Os que falam são rotulados de pornógrafos. A culpa, é claro, recai sobre a nossa filosofia de vida; e nossa filosofia de vida é o inevitável subproduto de uma linguagem que separa, na teoria, o que na verdade factual é sempre inseparável. Ela separa e ao mesmo tempo avalia. Uma das abstrações é 'boa', a outra é 'má'. *Não julgueis para não serdes julgados.* Mas a natureza da linguagem é tal, que não podemos nos furtar a julgamentos. Precisamos mesmo é de um novo conjunto de palavras. Palavras que possam expressar a natural harmonia das coisas. *Mucoespiritual*, por exemplo, ou *dermatocaridade*. Por que não *mastonoético*? Ou então *viscerosofia*? Mas traduzidas, é claro, da indecente obscuridade de uma linguagem erudita em algo que pudéssemos usar na fala do dia a dia ou até mesmo na poesia lírica. Como é difícil, sem essas palavras ainda inexistentes, discutir um caso tão simples e óbvio como o de Ruth! O melhor que se pode fazer é atolar-se em metáforas. Uma solução saturada de sensações, que pode ser cristalizada pelo exterior bem como pelo interior. Palavras e eventos que caem dentro da sopa psicofísica e fazem-na coagular em caroços de emoção e sentimento que induzem à ação. Depois vêm as mudanças glandulares, e o surgimento daqueles encantadores espécimes zoológicos com que a criança se conduz com tanta vaidade e embaraço. A solução emocional é enriquecida por uma nova forma de sensibilidade que irradia dos mamilos, atravessando pele e terminações nervosas, até alcançar a alma, o subconsciente, o superconsciente, o espírito. E esses novos elementos psicoeréteis de personalidade comunicam uma espécie de movimento à solução saturada, fazendo-a fluir numa direção específica — rumo à ainda não mapeada e indiferenciada região do amor. Dentro desse fluxo de sentimento norteado pelo amor o acaso salpica uma variedade de agentes cristalizadores — palavras, acontecimentos, o exemplo de outrem, fantasias particulares e memórias, todos os inumeráveis expedientes usados pelos Fados para moldar um destino humano individual. Ruth teve a infelicidade de passar de

Poe a Algernon e Oscar, do Verme Conquistador a Dolores e Salomé. Somada aos novos fatos de sua própria fisiologia, a nova literatura criou a absoluta necessidade de que a pobre criança borrasse a boca com batom e encharcasse suas combinações em violeta sintética. E o pior estava por vir."

"Âmbar-gris sintético?"

"Muito pior — amor sintético. Ela se convenceu de que estava ardorosa, swinburnemente apaixonada — e por quem, entre todas as pessoas, senão *eu*!"

"Ela não podia ter escolhido alguém um pouquinho mais próximo do tamanho dela?", perguntei.

"Ela tentou", respondeu Rivers, "mas não deu certo. Quem me contou foi Beulah, a quem ela confidenciou a história. Uma trágica historiazinha de uma garota de quinze anos que venera um heroico e atlético jovem bolsista de dezessete. Ela escolhera alguém mais perto de seu próprio tamanho; mas infelizmente, naquele período da vida, dois anos representavam um abismo quase intransponível. O jovem herói estava interessado apenas em garotas de uma maturidade comparável à sua — as de dezoito, as de dezessete, quando muito as de dezesseis mais bem desenvolvidas. Uma magricela baixinha de quinze como Ruth estava fora de questão. Ela viu-se então na posição de uma virgem vitoriana malnascida com adoração por um duque. Por longo tempo o jovem herói nem a notou; e quando por fim ela forçou que isso acontecesse, ele começou sendo divertido e terminou sendo estúpido. Foi quando ela passou a se convencer de que estava apaixonada por mim."

"Mas se dezessete era muito, por que ela tentou vinte e oito? Por que não dezesseis?"

"Havia várias razões. A rejeição caiu na boca do povo, e se ela tivesse tentado encontrar um substituto espinhento e mais jovem para o jogador de futebol, as outras garotas teriam lamentado na frente dela e rido pelas costas. Amar outro garoto da escola estava portanto fora de questão. Mas ela não conhecia outros homens exceto os colegas e eu. Não havia escolha. Se ela tivesse que amar alguém — e as novas realidades fisiológicas a faziam pender para o amor, o novo vocabulário impunha-lhe o amor como um imperativo categórico —, teria de ser eu. Começou, na verdade, várias semanas antes de Katy partir para Chicago. Eu tinha notado já alguns sintomas premonitórios — rubores, silêncios, saídas abruptas inexplicáveis no meio de conversas, ciumentos acessos de zanga sempre que eu dava mostras de preferir a companhia da mãe à da criança. E também, é claro, todos aqueles poemas de amor que ela insistia em me mostrar, não obstante o constrangimento que ela própria e eu sentíamos. *Portentos* e *desalentos. Amarguras* e *torturas, suplícios* e *auspícios. Anseio, devaneio, enleio, seio.* Ela me fulminava com o olhar enquanto eu lia, e não era apenas o olhar aflito de uma neófita da literatura aguardando o veredicto do crítico; era a mirada abatida, arregalada, lustrosa de um cocker spaniel idólatra, de uma Madalena da Contrarreforma, de uma consciente assassina aos pés de seu predestinado Barba Azul. Aquilo me deixava extremamente desconfortável, e às vezes me perguntava se não seria de bom alvitre, para o bem de todos, mencionar o caso a Katy. Mas daí, eu ponderava, caso minhas suspeitas fossem de todo infundadas eu pareceria um presunçoso; caso estivesse certo, criaria um tormento para a pobrezinha da Ruth. Melhor ficar quieto e

esperar que o encanto passasse. Melhor continuar fingindo que os poemas não passavam de exercícios literários que nada tinham que ver com a vida real ou com os sentimentos de sua autora. E assim isso continuou, clandestino, como um movimento da Resistência, como a quinta-coluna, até o dia da partida de sua mãe. Dirigindo da estação até a casa, eu me perguntava apreensivo o que aconteceria agora que a repressora presença de Katy tinha sido eliminada. A manhã seguinte trouxe a resposta — bochechas pintadas, uma boca da cor de um morango passado e aquele perfume de bordel!"
"Com um comportamento à altura, imagino?"
"Era o que eu esperava, sem dúvida. Mas, por estranho que pareça, não se materializou imediatamente. Ruth não parecia sentir a necessidade de *interpretar* seu novo papel; já lhe bastava *aparentá-lo*. Contentou-se com os símbolos e emblemas da grande paixão. Perfumando as roupas íntimas de algodão, olhando no espelho a imagem daquele rostinho ridiculamente rubicundo, ela podia ver e farejar em si própria uma nova Lola Montez, sem precisar reivindicar o título com qualquer ação. E não era apenas o espelho que lhe dizia quem ela havia se tornado; também era a opinião pública — seus maravilhados e invejosos e zombeteiros colegas de escola, seus professores escandalizados. As caras e os comentários que fizeram corroboraram suas fantasias particulares. Ela não era a única a saber daquilo; até as outras pessoas reconheciam o fato de que ela agora se tornara a *grande amoureuse*, a *femme fatale*. Foi tudo tão novo e excitante e cativante que, por um tempo, graças aos céus, fiquei praticamente de lado. Além disso, eu tinha cometido

a imperdoável ofensa de não ter encarado sua última imitação com a seriedade apropriada. Foi no próprio dia da nova encarnação. Desci as escadas e encontrei Ruth e Beulah no saguão, em acalorada altercação. 'Uma menina distinta como você', dizia a velha. 'Devia se envergonhar.' A bela menina tentou arregimentar-me como aliado. 'Você não acha que a mamãe vai se importar de eu usar maquiagem, acha?' Beulah não me deu tempo para responder. 'Eu vou te dizer o que sua mãe vai fazer', disse enfaticamente, e, com um realismo impiedoso: 'Ela vai te atravessar com o olhar, depois vai te sentar no sofá, te virar de bruços, abaixar suas calças e te dar a maior surra que você já teve na vida'. Ruth lhe dedicou um olhar frio e altivo de desprezo e disse: 'Eu não estava falando com você'. Então se voltou para a minha direção. 'O que *você* acha, John?' Seus lábios de morango se torceram para formar algo que deveria ser um sorriso extremamente voluptuoso, os olhos me deram uma versão mais audaciosa de sua mirada reverente. 'O que *você* me diz?' Em defesa própria eu lhe disse a verdade. 'Acho que infelizmente Beulah tem razão', disse. 'Uma surra daquelas.' O sorriso murchou, os olhos escureceram e se estreitaram, um rubor irado surgiu debaixo do ruge nas bochechas. 'Eu acho vocês dois um nojo', ela disse. 'Um nojo!', ecoou Beulah. 'Quem é que é nojento, me diz?' Ruth carranqueou e mordeu o lábio, mas conseguiu ignorá-la. 'Que idade tinha Julieta?', perguntou com um tom de triunfo antecipado na voz. 'Um ano a menos que você', respondi. O triunfo progrediu num sorriso de escárnio. 'Mas Julieta', continuei, 'não ia à escola. Não tinha aulas, nem deveres de casa. Não tinha nada em que pensar a não ser em Romeu e em pintar o rosto — *se é* que pintava, do que aliás duvido. Ao passo que você tem sua álgebra, tem o seu latim e os seus verbos irregulares franceses. Você ganhou a inestimável oportunidade de algum dia se tornar uma jovem razoavelmente civilizada.' Fez-se um longo silêncio. Então ela disse: 'Eu te odeio'. Era o pranto de uma ultrajada Salomé, de uma Dolores devidamente indignada por ter sido confundida com uma ginasial. As lágrimas começaram a rolar. Transportando o sedimento preto do rímel, vinham abrindo caminho entre as planícies aluviais de ruge e pó. 'Maldito', soluçou, 'seu *maldito*!' Enxugou os olhos; depois, percebendo a horrível lambança no seu lenço, emitiu um grito de horror e correu escadas acima. Cinco minutos depois, serena e completamente repintada, estava a caminho da escola. E *esta*", concluiu Rivers, "foi uma das razões por que nossa *grande amoureuse* prestou tão pouca atenção ao objeto de sua devastadora paixão, por que a *femme fatale* preferiu, ao longo das duas primeiras semanas de sua existência, concentrar-se em si própria e não na pessoa a quem o autor da peça havia atribuído o papel de vítima. Ela tinha me testado e decidido que eu era deploravelmente indigno do papel. Parecia melhor, por ora, levar a peça a cabo como um monólogo. Pelo menos *naquele* trimestre eu tive algum descanso. Mas nesse meio-tempo o meu ganhador do prêmio Nobel estava entrando em apuros.

"No quarto dia de sua emancipação, Henry escapuliu para um coquetel oferecido por uma musicóloga de gostos boêmios. Os valetudinários não sabem beber como cavalheiros. Henry podia ficar gloriosamente alto só com chá e conversa fiada. Os martínis, então, o transformavam num maníaco, que de repente ficava depressivo e acabava invariavelmente vomitando. Ele sabia disso, é claro; mas a criança nele tinha que proclamar independência. Katy o havia restringido a um xerez ocasional. Bem, ele mostraria para ela, ele provaria para ela que conseguia afrontar a Lei Seca com tanta hombridade como qualquer outro. Quando o gato sai, os ratos fazem a festa. E fazem a festa (tal é a curiosa perversidade do coração humano) com brincadeiras ao mesmo tempo perigosas e maçantes — brincadeiras nas quais quem é derrotado sai humilhado e quem persiste e se consagra volta-se contra Deus por ter vencido. Henry aceitou o convite da musicóloga, e o que estava fadado a acontecer aconteceu infalivelmente. Quando ia pela metade de seu segundo drinque, já se fizera objeto de exposição pública. Ao fim do terceiro, segurava a mão da musicóloga e lhe dizia que era o homem mais infeliz do mundo. E a menos da metade do quarto, teve de voar para o banheiro. Mas não foi só isso; a caminho de casa — ele insistiu em ir andando — conseguiu, de alguma maneira, perder sua pasta. Que era onde estavam os três primeiros capítulos de seu novo livro. *De Boole a Wittgenstein*. Até hoje, passada uma geração, é ainda a melhor introdução que temos à lógica moderna. Uma pequena obra-prima! Que talvez tivesse ficado ainda melhor caso ele não tivesse se embriagado e perdido a versão original dos três capítulos iniciais. Lamentei a perda, mas acolhi com prazer a sobriedade que o acontecido inculcou no pobre Henry. Pelos próximos dias ele esteve muito bem, tão sensato, ou quase, como o pequeno Timmy. Pensei que meus problemas haviam acabado, tanto mais que as notícias de Chicago pareciam indicar que Katy em breve voltaria para casa. A mãe dela, ao que parecia, estava se apagando. E estava se apagando tão rápido que certa manhã, a caminho do laboratório, Henry me fez parar num camiseiro; queria comprar uma gravata preta de seda para o velório. Então veio a notícia eletrizante de um milagre. No último momento, recusando-se a abandonar a esperança, Katy chamara outro médico — um jovem recém-formado pela Johns Hopkins, brilhante, incansável, inteirado dos mais recentes procedimentos. Tinha começado um novo tratamento, tinha lutado com a morte durante toda uma noite e o dia e a noite seguintes. E agora a batalha estava ganha; a paciente tinha sido resgatada do pé da cova e iria sobreviver. Katy, na carta, estava exultante, e eu, é claro, também exultei, compadecido. A velha Beulah labutava louvando o Senhor em voz alta, e até as crianças tiraram uma folga de seus assuntos e problemas, suas fantasias sexuais e ferroviárias, para rejubilar. Todos estavam felizes, menos Henry. É verdade que ele ficava dizendo que estava feliz; mas seu rosto circunspecto (ele nunca conseguia esconder o que realmente sentia) desmentia suas palavras. Ele estava contando com a morte da sra. Hanbury para que sua ventre-secretária, sua mãe-amante voltasse para casa. E agora — inesperadamente, inapropriadamente (não havia outra palavra para isso) — este pedante estorvo da Johns Hopkins acompanhava esse maldito milagre. Alguém que devia ter sido descartado tranquilamente estava agora, contra todas as regras, fora de perigo. Fora de perigo, mas ainda assim, é claro, enferma demais para ficar sozinha. Katy teria de ficar em Chicago até que a paciente pudesse responder por si. Só Deus sabia quando o único ser de quem o pobre Henry dependia em relação a tudo — sua saúde, sua sanidade, sua própria vida — retornaria para ele. O adiamento da esperança produziu vários ataques de asma. Mas, providencialmente, veio o anúncio de que ele havia sido eleito membro correspondente do Instituto Francês. Muito lisonjeiro, de fato! Curou-o no ato — mas, por infelicidade, não durou muito. Uma semana se passou, e conforme os dias se sucediam, o sentimento de privação de Henry tornou-se uma agonia positiva, como as dores de abstinência de um viciado em drogas. Sua angústia encontrava expressão num ressentimento selvagem, irracional. Aquela bruaca velha dos infernos! (Na verdade, a mãe de Katy era dois meses mais nova que ele.) Aquela chata cheia dos achaques! Pois, é claro, ela não estava *realmente* enferma — ninguém podia de fato ficar tanto tempo doente sem morrer. Ela só podia estar fingindo. E o motivo era uma combinação de egoísmo e despeito. Ela queria preservar a filha para si e queria (porque a maldita da velha sempre lhe tivera ódio) impedir que Katy ficasse onde deveria ficar — ao lado do marido. Eu lhe dei uma peroração sobre nefrite e o fiz reler as cartas de Katy. Funcionou por um ou dois dias, e depois disso as notícias foram mais encorajadoras. A paciente estava fazendo tantos progressos que em poucos dias, talvez, pudesse ficar aos cuidados de uma enfermeira e da criada sueca. De tanta alegria, Henry virou, pela primeira vez desde que o conheci, um pai quase normal. Em vez de se enfurnar no escritório após o jantar, brincava com as crianças. Em vez de falar sobre os próprios assuntos, tentava diverti-las com adivinhas e trocadilhos horrorosos. 'Por que é que o pescoço da galinha está caído que nem a semana que vem [*next week*]? Ora, porque o pescoço dela está fraco [*its neck's weak*]. Timmy ficou em êxtase e até Ruth consentiu em sorrir. Mais três dias se passaram e chegou o domingo. De tarde jogamos bezique e depois brincamos de cabeça, tronco e pernas com as cartas. O relógio bateu as nove. Uma última partida, e as crianças iriam para os quartos. Dez minutos depois, estavam na cama e nos chamaram para dar boa-noite. Primeiro fomos até o Timmy. 'Conhece essa?', perguntou Henry. 'O que colhe quem planta mudas de fúria [*bags of anger*]?' A resposta, é claro, era sacas de raiva [*sacks of rage*]; mas como Timmy nunca ouvira falar em saxífragas, ele reagiu muito friamente. Apagamos a luz e fomos para o quarto contíguo. Ruth estava na cama ao lado de seu ursinho de pelúcia, que era, a um só tempo, seu bebê e seu Príncipe Encantado. Ela usava um pijama azul-pálido e estava de maquiagem completa. Sua professora havia feito objeções ao uso de ruge e perfume nas aulas e, quando a persuasão se revelou ineficaz, o diretor proibira-os categoricamente. Sobrara à poetisa pintar-se e perfumar-se na hora de dormir. O quarto todo tresandava a violeta artificial, e o travesseiro, dos dois lados de seu rostinho, estava manchado de batom e rímel. Eram detalhes, no entanto, que não se prestavam à atenção de um homem como Henry. 'Que flor', perguntou ele conforme se aproximava da cama, 'ou, para ser mais exato, que árvore florífera nasceria se você plantasse um maço de velhas cartas de amor?' 'Cartas de amor?', repetiu a criança. Olhou para mim, depois corou e desviou o olhar. Forçando uma risada, ela respondeu num tom de entediada superioridade que não sabia. '*Laburnum* [laburno]', disse triunfante o pai dela; e quando ela não entendeu: '*La, burn 'em*', explicou. 'Não entende a graça? São cartas de amor — velhas cartas de amor, pois você encontrou um novo admirador. Então o que você faz com elas? Queima-as [*burn them*].' 'Mas quem é *La*?', perguntou Ruth. Henry lhe deu uma aula breve e instrutiva sobre a arte da blasfêmia inócua. *Gee* era uma abreviatura de *God*, *Jeeze* de *Jesus*, *Heck* de *Hell*, *La* de *Lord*. 'Mas ninguém diz *La*', objetou Ruth. 'No século XVIII diziam', retorquiu Henry, meio titubeante. Lá longe, no quarto principal, a campainha do telefone começou a ressoar. Seu rosto se iluminou. 'Minha intuição diz que é de Chicago', disse, ao se inclinar para dar em Ruth seu beijo de boa-noite. 'E outra intuição me diz', acrescentou ao apressar-se na direção da porta, 'que mamãe voltará amanhã. Amanhã!', repetiu, e sumiu. 'Não será maravilhoso', eu disse febrilmente, 'se ele estiver certo?' Ruth concordou com a cabeça e disse sim num tom que mais parecia um não. O estreito rosto pintado de repente assumiu uma expressão de aflição aguda. Ela estava com certeza pensando no que Beulah disse que iria acontecer quando a mãe voltasse; estava vendo, na verdade sentindo, Dolores-Salomé de bruços sobre um largo joelho materno e, a despeito de ser um ano mais velha que Julieta, levando uma bela de uma surra. 'Bem, é melhor eu ir andando', eu disse por fim. Ruth pegou minha mão e a segurou. 'Ainda não', implorou e, conforme falava, seu rosto mudava de expressão. O olhar acabrunhado e aflito foi substituído por um trêmulo sorriso de adoração; os lábios se abriram, os olhos se alargaram e brilharam. Foi como se ela de repente tivesse se lembrado de quem eu era — seu escravo e seu predestinado Barba Azul, a única razão para que ela assumisse o duplo papel de sedutora fatal e vítima sacrificial. E amanhã, se sua mãe estivesse de volta, amanhã seria tarde demais; a peça teria acabado, o teatro fechado por ordem da polícia. Era agora ou nunca. Ela apertou minha mão. 'Você gosta de mim, John?', disse num sussurro quase inaudível. Eu respondi no tom alegre e vibrante de um chefe escoteiro: 'É claro que gosto de você'. 'Assim como gosta da mamãe?', insistiu. Eu aparei os golpes com uma mostra de bem-humorada impaciência. 'Que pergunta tola!', disse. 'Gosto da sua mãe da maneira como gosto dos adultos. E gosto de você da maneira que...' 'Da maneira que se gosta das crianças', concluiu amargamente. 'Como se *isso* fizesse diferença!' 'Ué, e não faz?' 'Não *neste* tipo de assunto.' E quando perguntei que tipo de assunto era, ela apertou minha mão e disse: 'Gostar das pessoas', e me dedicou mais um daqueles seus olhares. Houve uma pausa constrangedora. 'Bem, acho que é melhor eu ir', disse por fim, e recordando a parlenda que Timmy sempre achava tão engraçada: 'Boa-noite', acrescentei ao desvencilhar minha mão, 'não se afoite, torça para que a pulga não te açoite.' A piada caiu como uma tonelada de pedra de brita no silêncio. Sisuda, com uma sofreguidão que eu teria achado cômica se não me tivesse arrepiado os cabelos, ela continuou me fitando com intensa concentração. 'Não vai me dar boa-noite direito?', perguntou. Inclinei-me para administrar a ritual bitoca na testa, e de repente seus braços estavam envolvendo meu pescoço e não era mais eu quem estava beijando a criança, mas era a criança quem me beijava — para começar, na bochecha direita, e depois, apurando um pouco a mira, no canto da boca. 'Ruth!', protestei; mas antes que eu pudesse continuar, ela me beijou de novo, com uma espécie de violência desajeitada, em cheio nos lábios. Eu me sacudi para me livrar. 'Por que fez isso?', perguntei com um pavor furioso. Seu rosto corou, os olhos brilhantes e enormes, ela olhou para mim, sussurrou 'Eu te amo', depois se virou e enterrou a cara no travesseiro, perto do ursinho. 'Está bem', eu disse muito severo. 'Essa é a última vez que venho lhe dar boa-noite', e me virei para sair. A cama rangeu, pés descalços soaram no chão e assim que toquei a maçaneta da porta ela estava a meu lado, repuxando meu braço. 'Me desculpe, John', ela dizia incoerentemente. 'Me desculpe. Farei tudo que você disser. Qualquer coisa...' Seus olhos agora eram puro spaniel, sem nenhum vestígio da mulher sedutora. Mandei-a de volta para a cama e lhe disse que, se fosse uma boa garota, eu iria esquecer tudo aquilo. Caso contrário... E com aquela ameaça velada eu a deixei. Primeiro fui ao meu quarto, para tirar o batom do rosto, depois caminhei de volta pelo corredor até as escadas e enfim até a biblioteca. No pé da escadaria quase colidi com Henry, que vinha do corredor que dava para sua ala na casa. 'Alguma novidade?', principiei. Só então vi seu rosto, que estava amedrontado. Cinco minutos antes ele fazia charadas alegremente. Agora virara um homem velho, velhíssimo, pálido como um cadáver, mas sem a serenidade deste; pois em seus olhos e ao redor de sua boca havia uma expressão de insuportável sofrimento. 'Algo errado?', perguntei aflito. Ele balançou a cabeça sem dizer palavra. 'Tem certeza?', insisti. 'Era Katy no telefone', por fim disse numa voz monocórdia. 'Ela não está voltando para casa.' Perguntei se a velha senhora havia piorado de novo. 'Essa é a desculpa que ela deu', disse ele amargurado, depois se virou e caminhou de volta na direção de que viera. Cheio de preocupação, fui atrás dele. Havia um corredor curto, eu me lembro, com a porta de um banheiro no fim e outra porta na esquerda, que dava para o quarto principal. Eu nunca tinha entrado no quarto, e foi com um choque de surpresa e assombro que agora me via confrontando a extraordinária cama dos Maartens. Era uma cama de quatro colunas ao estilo colono americano, mas de proporções tão gigantescas que me fez pensar em assassinatos de presidentes e funerais de Estado. Na mente de Henry, é claro, a associação de ideias devia ser bastante diferente. Meu catafalco era sua cama de casal. O telefone, que acabara de condená-lo a mais um período de solidão, ficava perto do símbolo e cenário de sua felicidade conjugal. Não, não é essa a palavra certa", acrescentou Rivers à guisa de parênteses. "'Conjugal' implica uma relação recíproca entre duas pessoas no auge de seu desenvolvimento. Para Henry, contudo, Katy não era uma pessoa; era seu alimento, o órgão vital de seu próprio corpo. Quando ela estava longe, ele era como uma vaca privada de pasto, como um homem com icterícia lutando para viver sem o fígado. Era uma agonia. 'Seria melhor você se deitar um pouco', eu disse no tom adulador que adotamos automaticamente ao falar com os doentes. Gesticulei na direção da cama. Sua resposta, desta vez, foi como aquilo que acontece quando você espirra enquanto transpõe uma encosta coberta com neve recém-caída — uma avalanche. E que avalanche! Não era branca, virginal, mas quente, palpitante — um deslizamento de titica. Fedia, sufocava, transtornava. Do paraíso ignorante de minha inocência tardia e absolutamente imperdoável, me quedei ouvindo, em choque, apavorado. 'Está na cara', ele ficava repetindo. 'Está muito na cara.' Estava na cara que se

Katy não estava voltando para casa era porque não queria voltar para casa. Estava na cara que ela devia ter achado outro homem. E estava na cara que esse outro homem era o novo médico. Os médicos tinham fama de ótimos amantes. Entendiam de fisiologia, sabiam tudo sobre o sistema nervoso autônomo.

"Em minha mente o pavor cedeu lugar à indignação. Como ousava dizer aquilo sobre minha Katy, sobre aquela que era mais que uma mulher, que só podia ser tão pura e perfeita quanto a minha própria paixão quase religiosa? 'Está mesmo sugerindo...', principiei. Mas Henry não estava sugerindo. Estava afirmando categoricamente. Katy estava sendo infiel a ele com o jovem presunçoso da Johns Hopkins.

"Eu lhe disse que estava louco, e ele retorquiu que eu não sabia nada sobre sexo. O que, é claro, era dolorosamente verdadeiro. Tentei mudar de assunto. Não era uma questão de sexo — era uma questão de nefrite, de uma mãe que precisava dos cuidados da filha. Mas nada de Henry querer ouvir. Tudo o que queria agora era torturar-se. E se você me perguntar por que é que queria se torturar, posso apenas responder que ele já estava em agonia. Ele era a metade mais fraca, mais dependente da parceria simbiótica que (assim ele acreditava) tinha sido dissolvida tão abruptamente. A operação fora cirúrgica, sem anestesia. O retorno de Katy teria cessado a dor e curado de pronto a ferida. Mas Katy não estava retornando. *Logo* (veja só que maravilha de lógica!) era necessário que Henry se autoinfligisse quanto sofrimento adicional lhe fosse possível. E a maneira mais eficaz de fazer isso era deitar seu infortúnio em palavras lancinantes.

Falar e falar — não comigo, é claro, nem mesmo para mim; apenas para si — mas falar consigo (e isso era essencial uma vez que ele iria sofrer) na minha presença. O papel que me fora atribuído não era o de ator coadjuvante, nem o do figurante que atua como confidente ou mensageiro. Não, eu não passava de um extra anônimo e praticamente indistinto cuja tarefa era fornecer ao herói sua primeira deixa para pensar em voz alta, e que agora, por ter calhado de estar também sob os holofotes, dava àquele solilóquio uma gravidade aberrante, uma total obscenidade, que não existiria caso o protagonista estivesse sozinho. Acionada por moto próprio, a avalanche de titica ganhava ímpeto. Passou, da traição de Katy, à escolha (e esse era o golpe menos piedoso) de um homem mais jovem. Jovem e portanto mais viril, de volúpia mais incansável. (Sem mencionar que, sendo médico, dominava fisiologia e o sistema nervoso autônomo.) O indivíduo, o profissional, o curador devotado — todos haviam desaparecido; e, por insinuação, Katy também. Não restava nada senão um par de funções sexuais que exploravam freneticamente uma à outra no vazio. Que ele pudesse pensar em Katy e em seu hipotético amante nestes termos era um prova, como comecei a vislumbrar obscuramente, de que ele via Katy da mesma maneira que enxergava a si próprio. Henry, como eu já disse, era um valetudinário, e os valetudinários, como você já deve tantas vezes ter tido a oportunidade de observar, têm propensão ao ardor. Ardor, de fato, até o ponto da fúria. Não, não é bem essa a palavra. A fúria é cega. Ao passo que amantes feito Henry nunca perdem a cabeça. Levam-na consigo, não importa quão longe vão — levam-na consigo para que possam comprazer-se plenamente com a consciência da própria alienação e da alienação do parceiro. Na verdade, essa era a única coisa que tinha espaço cativo na consciência de Henry, ao lado de seu laboratório e sua biblioteca. A maioria das pessoas habita um universo que lembra o *café au lait* da França — cinquenta por cento de leite desnatado e cinquenta por cento de chicória rançosa, metade realidade psicofísica e metade palavrório convencional. O universo de Henry fora feito aos moldes de um *highball*. Era uma mistura em que metade de um quartilho das ideias filosóficas e científicas mais efervescentes tratava de afogar um dedinho de experiência imediata, boa parte da qual era estritamente sexual. Os valetudinários não costumam dar bons coqueteleiros. Estão muito ocupados com suas ideias, sua sensualidade e seus achaques psicossomáticos para conseguir ter interesse nas outras pessoas — nem mesmo nas próprias esposas e nos próprios filhos. Vivem num estado da mais profunda ignorância voluntária, sem saber nada de ninguém, mas transbordantes de opiniões preconcebidas a respeito de tudo. A respeito da educação infantil, por exemplo. Henry podia falar como se fosse uma autoridade. Tinha lido Piaget, tinha lido Dewey, tinha lido Montessori, tinha lido os psicanalistas. Estavam todos lá em seu fichário cerebral, classificados, categorizados, sempre à mão. Mas quando se tratava de fazer algo para Ruth e Timmy, ele era ou de uma incompetência incorrigível ou, com mais frequência, simplesmente saía de cena. Pois é claro que os filhos o enfadavam. Todas as crianças o enfadavam. Assim como a esmagadora maioria dos adultos. Como poderia ter sido diferente? As ideias deles eram rudimentares, e suas leituras, inexistentes. Que tinham a oferecer? Apenas seus sentimentos e sua vida moral, apenas sua sabedoria ocasional e sua frequente e patética falta de sabedoria. Em uma palavra, apenas sua humanidade. E a humanidade era algo pelo que o pobre Henry era, desde o berço, incapaz de se interessar. Entre os mundos da teoria quântica e da epistemologia, de um lado do espectro, e do sexo e da dor, do outro, havia um tipo de limbo povoado puramente por fantasmas. E entre os fantasmas estava setenta e cinco por cento de si. Pois ele tinha tão pouca consciência da própria humanidade como tinha da humanidade alheia. Suas ideias e sensações — sim, ele sabia de tudo sobre *elas*. Mas quem era o homem que tinha as ideias e sentia as sensações? E que relação tinha esse homem com as coisas e as pessoas que o cercavam? Como, acima de tudo, ele *deveria* estar relacionado a elas? Duvido que alguma vez tenha ocorrido a Henry fazer-se tais perguntas. De qualquer modo, não o fez nessa ocasião. Seu solilóquio não foi o de um marido desconfiado que faz o amor e a suspeita digladiarem. Isso teria sido uma reação completamente humana ao desafio que postulava uma situação completamente humana — e, como tal, nunca teria ocorrido na presença de um ouvinte tão inexperiente e tolo, tão incapaz de oferecer um auxílio compreensivo, como o jovem John Rivers de trinta anos atrás. Não, aquela foi, em essência, uma reação sub-humana; e um dos elementos de sua sub-humanidade foi o fato — o fato totalmente ultrajante e insensato — de que ocorreu na presença de alguém que não era nem um amigo íntimo nem um conselheiro profissional — apenas um jovem matuto chocado, com um histórico beato demais e um par de ouvidos receptivos, mas vacilantes. Aquelas pobres orelhas! Externada com lucidez e amplamente documentada, a poeira científica se despejava nelas à farta. Burton e Havelock Ellis, Krafft-Ebing e os incomparáveis Ploss e Bartels — como Piaget e John Dewey, estavam todos lá no fichário embutido de Henry, acessíveis nos mais pormenorizados detalhes. E nesse caso, agora era evidente, Henry não havia se contentado com a posição de especialista de poltrona. Havia posto em prática o que preconizava, havia agido, sistematicamente, com base no que conhecia em teoria. Como é difícil, nesses nossos dias em que você pode discutir orgasmos enquanto janta sua sopa e flagelações enquanto toma seu sorvete, como é absurdamente difícil recordar a força dos velhos tabus, a intensidade do silêncio com que eram acolhidos! No que me dizia respeito, tudo sobre que Henry falava — as técnicas do ato amoroso, a antropologia do matrimônio, as estatísticas da satisfação sexual — era uma revelação surgida do abismo. Era o tipo de coisa que pessoas decentes não mencionavam, nem mesmo — eu imaginava ingenuamente — sabiam; o tipo de coisa que podia ser discutida e compreendida só nos bordéis, nas orgias de homens ricos, em Montmartre e em Chinatown e no bairro francês. E contudo esses horrores estavam sendo despejados em meus ouvidos pelo homem que eu respeitava acima de todos os outros, o homem que, por seu intelecto e sua intuição científica, superava todos que eu já conhecera. E ele proferia horrores que diziam respeito à mulher que eu amava como Dante amava Beatriz, como Petrarca adorava Laura. Ele estava afirmando, como se fosse a coisa mais óbvia do mundo, que Beatriz tinha apetites quase insaciáveis, que Laura tinha desfeito seus votos maritais em nome daquele tipo de sensação física que qualquer brutamontes com um bom conhecimento do sistema nervoso autônomo poderia facilmente suscitar. E ainda que ele não estivesse acusando Katy de infidelidade eu teria ficado horrorizado com o que ele disse. Pois o que ele disse dava a entender que os horrores faziam parte do casamento tanto quanto do adultério. Não posso esperar que você acredite", acrescentou Rivers com uma risada, "mas é a verdade. Até aquele momento eu não fazia ideia do que se passava entre maridos e esposas. Sim, eu até fazia uma ideia, mas não era uma ideia correta. Minha ideia era que, fora do submundo, as pessoas decentes não faziam amor se não fosse com o fito de fazer filhos — uma vez na vida, no caso dos meus pais, duas, no dos Maartens. E ali estava Henry sentado na beirada de seu catafalco, monologando. Monologando com a lucidez do gênio, com a desinibida elaboração da infantilidade, acerca de todas as coisas estranhas e — para mim — horripilantemente imorais que haviam acontecido debaixo daquele dossel funéreo. E Katy, a minha Katy, fora sua cúmplice — não sua vítima, como a princípio tentei acreditar, mas sua cúmplice de bom grado e até com entusiasmo. De fato, era esse entusiasmo que o fazia suspeitar dela. Pois se a sensualidade tinha tanta importância para ela ali, no catafalco doméstico, devia imperiosamente ter ainda mais importância lá em Chicago, com o jovem médico. E de repente, para meu indizível constrangimento, Henry cobriu o rosto e começou a soluçar."

Houve um silêncio.

"O que você fez?", perguntei.

"Que *poderia* eu fazer?" Ele deu de ombros. "Nada, a não ser emitir alguns ruídos tranquilizantes e aconselhar que ele fosse para a cama. Amanhã ele descobriria que tudo não passara de um equívoco. Em seguida, a pretexto de preparar-lhe um leite quente, corri para a cozinha. Beulah estava em sua cadeira de balanço lendo um livrinho sobre o Segundo Advento. Contei-lhe que o dr. Maartens não se sentia muito bem. Ela ouviu, assentiu muito sabedora, como se já esperasse aquilo, depois fechou os olhos e, em silêncio, mas mexendo os lábios, rezou por longo tempo. Após o que ela soltou um profundo suspiro e disse: 'Vazio, carecido e ornado'. Essas foram as palavras que ela recebeu. E embora parecesse algo estranho de se dizer sobre um homem que tinha na cabeça muito mais estofo do que seis intelectuais ordinários juntos, a frase mostrou-se, num segundo momento, uma descrição exata do pobre Henry. Vazio de Deus, carecido da mais comum virilidade e ornado, feito uma árvore de Natal, com ideias brilhantes. E sete outros demônios, muito piores que a estupidez e a sentimentalidade, haviam se mudado para lá e tomado posse. Mas nesse meio-tempo deixei o leite fervendo. Entornei-o numa garrafa térmica e subi as escadas. Por um momento, ao entrar no quarto, pensei que Henry havia dado no pé. Então, de trás do catafalco, veio um som de movimento. No vão que havia entre as cortinas de chintz das quatro colunas e a janela, vi Henry de pé, diante da porta escancarada de um pequeno cofre, num nicho recuado na parede e de ordinário escondido de vista pelo retrato de meio corpo de Katy em seu vestido de noiva, que o cobria. 'Aqui está seu leite', principiei, num tom hipócrita de alegria. Mas daí percebi que a coisa que ele havia tirado dos recônditos do cofre-forte era um revólver. Meu coração deu um pulo. De repente me lembrei que havia um trem noturno para Chicago. Fui acometido por visões das manchetes do dia seguinte. CÉLEBRE CIENTISTA MATA ESPOSA E COMETE SUICÍDIO. Ou PRÊMIO NOBEL PRESO POR DUPLO HOMICÍDIO. Ou até mesmo ADÚLTERA É ASSASSINADA EM CAFOFO DO AMANTE; DEIXA DOIS FILHOS LEGÍTIMOS. Larguei a garrafa térmica e, preparando-me para derrubá-lo — com um cruzado de esquerda na mandíbula, se necessário, ou um jab rápido e certeiro no plexo solar —, fui na sua direção. 'Se não se importa, dr. Maartens', eu disse todo respeitoso. Não houve nenhuma luta, tampouco nenhum esforço consciente da parte dele de ficar com o revólver. Cinco segundos depois aquela coisa estava a salvo em meu bolso. 'Estava só olhando', ele disse com uma vozinha anódina. E então, depois de uma pequena pausa, acrescentou: 'É um negócio engraçado, quando a gente para pra pensar nisso'. E quando perguntei 'No quê?', ele disse: 'Na morte'. E foi essa toda a contribuição que o grande homem deu ao montante da sabedoria humana. A morte era um negócio engraçado quando se parava para pensar nela. Era por isso que ele nunca pensava nela — exceto em ocasiões como aquela, quando o sofrimento o fazia sentir a necessidade de infligir-se mais sofrimento. Assassinato? Suicídio? Tais ideias não lhe haviam ocorrido. Tudo o que ele exigia do instrumento da morte era uma sensação de sensualidade negativa — um doloroso lembrete, em meio a todas as suas outras dores, de que em algum dia, dali a muito, muito tempo, ele, também, haveria de morrer.

'"Vamos trancar isto aqui outra vez?', perguntei. Ele assentiu. Numa mesinha ao lado da cama jaziam os objetos que ele tirara do cofre enquanto olhava para o revólver. Para lá os devolvi: o porta-joias de Katy, meia dúzia de estojos com medalhas de ouro oferecidas ao grande homem por várias sociedades eruditas, vários envelopes pardos pesados de tanto papel. E finalmente havia aqueles livros — todos os seis volumes da *Psicologia do sexo*, uma cópia de *Félicia* de Andréa de Nerciat e, publicada em Bruxelas, uma obra anônima ilustrada de título *A escola de moças da senhorita Floggy*. 'Ora ora, acho que é tudo', eu disse com o desvelo mais gaiato que encontrei enquanto trancava a porta do cofre e lhe devolvia a chave. Recolhi o retrato e o pendurei de volta no seu devido gancho. Atrás do cetim branco e das flores de laranjeira, atrás das açucenas e de um rosto cuja radiância nem mesmo a inépcia de um pintor de quinta categoria poderia ofuscar, quem teria adivinhado a presença daquele tesouro estranhamente heterogêneo — *Félicia* e os certificados de ações na Bolsa, *A senhorita Floggy* e as insígnias douradas com que uma sociedade não muito grata recompensa seus homens de gênio?

"Meia hora depois eu o deixei e fui para meu quarto — com uma ditosa sensação de ter escapado, de por fim ter me alforriado de um pesadelo opressivo! Mas mesmo em meu próprio quarto não havia segurança. A primeira coisa que vi ao acender a luz foi um envelope afixado ao meu travesseiro. Abri-o e desdobrei duas folhas de papel malva. Era um poema de amor de Ruth. Desta vez *suplício* rimava com *interstício*, o amor confesso levara o amado a se sentir opresso no mormaço de seu regaço ou coisa que o valha. Era demais para uma noite só: o gênio escondia pornografia no cofre; Beatriz frequentara a escola da senhorita Floggy;

a inocência pueril pintava o rosto, dirigia asneiras apaixonadas a jovens rapazes e, se eu não trancasse minha porta, logo passaria aos trancos e barrancos da má literatura para uma realidade ainda pior.

"Na manhã seguinte perdi a hora e, quando desci para o café, as crianças já estavam na metade de seu cereal. 'A mãe de vocês não está a caminho de casa, afinal de contas', anunciei. Timmy ficou genuinamente triste; mas Ruth, embora tenha emitido as palavras apropriadas ao pesar, traiu-se com o súbito brilho que vi em seus olhos: ela estava contente. A raiva me deixou cruel. Eu tirei o poema dela do bolso e o pousei na toalha de mesa, ao lado da caixa de Grapenuts. 'Está um relaxo', disse com a maior brutalidade. Depois, sem olhar para ela, saí do aposento e subi de novo as escadas para ver o que acontecera a Henry. Ele tinha uma aula às nove e meia e se atrasaria caso eu não o tirasse da cama. Mas quando bati à sua porta, uma voz débil anunciou que estava doente. Entrei. No catafalco jazia o que parecia ser já um homem morto. Tirei-lhe a temperatura. Passava dos 38 graus. Que devia fazer? Corri pelas escadas até a cozinha para consultar Beulah. A velha suspirou e balançou a cabeça. 'Você vai ver', ela disse. 'Ele vai *fazer* ela voltar para casa.' E contou-me o que tinha acontecido, dois anos antes, quando Katy fora para a França visitar a sepultura do irmão em um dos cemitérios militares. Mal havia se passado um mês de sua partida quando Henry caiu de cama — tão doente que precisaram mandar um telegrama convocando-a a voltar para casa. Nove dias depois, quando Katy voltou para St. Louis, ele estava tudo menos morto. Ela entrou no quarto do doente, pousou a mão na sua cabeça. 'Vou te contar', disse Beulah dramaticamente, 'foi como a ressurreição de Lázaro. Às portas da morte e depois, upa! de pé novamente, como se estivesse dentro de um elevador. Três dias depois já estava comendo frango frito e falando pelos cotovelos. E desta vez ele vai fazer o mesmo. Vai fazer ela voltar para casa, mesmo que isso signifique chegar às portas da morte para conseguir o que quer.' E foi exatamente para lá", acrescentou Rivers, "para as portas da morte, que Henry se dirigiu."

"Quer dizer então que era verdade? Ele não estava fazendo um teatro?"

"Como se a segunda alternativa excluísse a primeira! É claro que ele estava fazendo um teatro; mas o fez com tanto sucesso que quase morreu de pneumonia. No entanto, na época não consegui reconhecer isso claramente. A abordagem de Beulah a esse respeito foi muito mais científica do que a minha. Eu, exclusivamente, suspeitava de germes; ela falava em medicina psicossomática. Pois bem, telefonei para o médico e voltei à sala de jantar. As crianças tinham terminado o café da manhã e haviam sumido. Não as vi de novo por cerca de duas semanas; porque quando cheguei do laboratório aquela noite descobri que Beulah as havia despachado para a casa de um vizinho amável, a conselho do médico. Tinham-se acabado os poemas, a necessidade de trancar a minha porta. Foi um grande alívio. Telefonei para Katy na segunda à noite e de novo, com a notícia de que teríamos de contratar uma enfermeira e uma tenda de oxigênio, na terça. No dia seguinte Henry piorou; assim como a pobre sra. Hanbury, quando telefonei para Chicago. 'Eu *não tenho como* abandoná-la', repetia Katy, angustiada. 'Não posso!' Sobre Henry, que estava contando com seu retorno, a notícia teve efeito quase mortal. Dentro de duas horas sua temperatura subiu um grau cravado e ele entrou a delirar. 'É a vida dele ou a da sra. Hanbury', disse Beulah, e foi para o quarto rezar por orientação. Que veio em cerca de vinte e cinco minutos. A sra. Hanbury iria morrer não importava o que acontecesse; mas Henry ficaria bem se Katy regressasse. Ela *tinha* que voltar. Quem finalmente a persuadiu foi o médico. 'Não quero soar alarmista', disse pelo telefone naquela noite, '*mas...*' Aquilo bastou. 'Estarei em casa amanhã à noite', ela disse. Henry ia conseguir o que queria — mas por um triz.

"O médico partiu. A enfermeira se preparou para uma noite de vigília. Eu fui para o meu quarto. 'Katy volta amanhã', pensei comigo. 'Katy volta amanhã.' Mas qual Katy — a minha Katy ou a de Henry, Beatriz ou a pupila favorita da senhorita Floggy? Será que tudo, pensei, seria diferente agora? Seria possível que, após a avalanche, eu continuasse a sentir o mesmo por ela? As dúvidas me atormentaram toda aquela noite e o dia seguinte. Eu ainda me fazia perguntas quando, finalmente, ouvi o táxi contornando o acesso da entrada. A minha Katy ou a dele? Um presságio horrível me indispôs e me paralisou. Levei uma eternidade até conseguir me forçar a ir ao encontro dela. Quando por fim abri a porta da frente, a bagagem já estava nos degraus e Katy pagava o motorista. Ela voltou-se. Como parecia pálida à luz da lâmpada do alpendre, quão abatida e encovada! Mas como estava bela! Mais bela do que nunca — bela de uma maneira nova, devastadora, de modo que me vi amando-a com uma paixão da qual os últimos traços de impureza haviam sido dissolvidos pela compaixão e substituídos por um ardor de autossacrifício, um desejo ardente de ajudar e proteger, de deixar de lado a própria vida em função dela. E quanto ao solilóquio de Henry e à outra Katy? E quanto à senhorita Floggy, a *Félicia*, aos *Estudos da psicologia do sexo*? Para o meu coração de repente aos saltos, nada daquilo havia existido, e, de todo modo, era inteiramente irrelevante.

"Ao entrarmos no vestíbulo, Beulah veio correndo da cozinha. Katy jogou os braços ao redor do pescoço da velha e por meio minuto as duas ficaram ali, atadas num abraço silencioso. Depois, afastando-se um pouco, Beulah olhou inquiridora no rosto da outra. E ao olhar, sua expressão de enlevo manchado pelas lágrimas deu lugar a uma angústia crescente. 'Mas esta não é você', ela exclamou. 'É um fantasma. Você está quase tão distante quanto ele.' Katy tentou dispensar o comentário com uma risada. Estava apenas um pouco cansada, só isso. A velha balançou a cabeça enfaticamente. 'É a virtude', disse. 'A virtude desapareceu de você. Assim como desapareceu de Nosso Senhor quando todas aquelas pessoas doentes agarraram nele.' 'Bobagem', disse Katy. Mas era verdade. A virtude *havia* desaparecido dela. Três semanas na cabeceira da mãe haviam usurpado sua vida. Estava vazia, como uma concha animada apenas pela vontade. E a vontade nunca é o bastante. A vontade não pode digerir o que você come, ou baixar sua temperatura — que dirá a temperatura de outrem. 'Espere só até amanhã', implorou Beulah quando Katy anunciou sua intenção de ir ao quarto do doente. 'Durma um pouco. Você não tem como ajudá-lo agora, não no estado em que se encontra.' 'Eu o ajudei da última vez', retorquiu Katy. 'Mas da última vez foi diferente', insistiu a velha. 'Da última vez você tinha virtude, não era um fantasma.' 'Você e seus fantasmas!', disse Katy com um quê de irritação; e, voltando-se, tratou de subir as escadas. Eu segui atrás dela.

"Debaixo de sua tenda de oxigênio Henry jazia adormecido ou estuporado. Uma barba por fazer cobria-lhe o queixo e as faces, e no rosto emaciado o nariz assomava imenso, como numa caricatura. Então, enquanto o observávamos, suas pálpebras se abriram. Katy inclinou-se sobre a janela transparente da tenda e chamou seu nome. Não houve resposta; nos olhos azul-pálidos, nenhum sinal de que ele sabia quem ela era ou de que ele a havia visto. 'Henry', repetiu ela, 'Henry! Sou eu. Eu voltei.' Os olhos vacilantes focaram e um momento depois vimos o mais leve despontar de reconhecimento — por alguns segundos apenas; depois esmoreceu. Os olhos voltaram a vagar, os lábios começaram a se mexer; retornara ao domínio do delírio. O milagre fora abortado; Lázaro permanecia deitado. Fez-se um longo silêncio. Depois, a custo, desesperada, Katy por fim disse: 'Creio que é melhor ir para a cama'."

"E o milagre?", perguntei. "Ela o obteve na manhã seguinte?"

"E como poderia? Desvirtuada, desanimada, nada no corpo a não ser vontade e anseio. O que é pior: estar desenganadamente enfermo ou ver alguém que você ama desenganado? É imperioso começar por definir a palavra 'você'. Eu digo: você está desenganado. Mas será que quero dizer *você*? Não será, na verdade, a nova e limitada personalidade criada pela febre e pelas toxinas? Uma personalidade desprovida de interesses intelectuais, de obrigações sociais, de preocupações materiais. Ao passo que a adorável enfermeira preserva sua individualidade habitual, com todas as lembranças de alegrias passadas, com todos os temores do futuro, com toda a consciência alerta de um mundo que existe além das quatro paredes do quarto do doente. E há também a questão da morte. Como é que se reage ao anúncio da morte? Se você está muito doente, chega a um ponto em que não importa o ardor com que luta pela vida — uma parte sua não lamentaria nem um pouco se viesse a morrer. Qualquer coisa seria preferível a esse infortúnio, a esse pesadelo miserável e infinito de ver-se reduzido a um reles caroço de matéria em sofrimento! 'Dê-me a liberdade ou dê-me a morte.' Mas neste caso as duas são idênticas. A liberdade equivale à morte, que equivale à busca da felicidade — mas apenas, é claro, para o paciente, nunca para a enfermeira que o ama. Ela não tem direito ao luxo da morte, à soltura, via rendição, do cárcere que é o quarto do doente. Cumpre-lhe prosseguir lutando mesmo quando está perfeitamente claro que a batalha é perdida; prosseguir acreditando mesmo quando não há mais razões para nada senão o desespero; prosseguir rezando mesmo quando Deus manifestamente deu-lhe as costas, mesmo quando ela tem a certeza de saber que Ele não existe. Ela pode estar abatida pelo pesar e por maus presságios, mas deve agir como se estivesse animada e com uma confiança serena. Ela pode ter perdido a coragem; mas ainda deve inspirá-la. E nesse meio-tempo ela trabalha e vela, superando os limites da resistência física. E sem descanso; ela deve estar ali constantemente, constantemente disponível, constantemente pronta para doar e doar — para prosseguir doando, mesmo quando estiver completamente falida. Sim, falida", repetiu ele. "Era o que Katy estava. Totalmente falida, mas impelida pelas circunstâncias — e pela própria vontade — a continuar gastando. E, para piorar as coisas, o gasto era infrutífero. Henry não estava melhorando; apenas relutava em morrer. E entrementes ela estava se matando com aquele longo e contínuo esforço para mantê-lo vivo. Os dias se passaram — três, quatro dias, já não me lembro quantos. E então veio o dia de que nunca irei me esquecer: 23 de abril de 1923."

"O aniversário de Shakespeare."

"O meu também."

"O seu?"

"Não o meu aniversário físico", explicou Rivers, "que é em outubro. Digo o meu aniversário espiritual. O dia em que emergi da imbecilidade da candura para algo que lembrava mais de perto a forma humana. Acho", acrescentou, "que merecemos mais um pouquinho de scotch."

Ele reabasteceu nossos copos.

"Vinte e três de abril", repetiu ele. "Que dia de infortúnios! Henry passou uma noite ruim e tinha piorado flagrantemente. E depois, quando a irmã de Katy telefonou de Chicago na hora do almoço, foi para anunciar que o fim estava muito próximo. Naquela noite tive que ler um estudo diante de uma de nossas sociedades científicas locais. Ao chegar a casa, às onze, encontrei apenas a enfermeira. Katy, conforme ela me contou, estava no quarto, tentando dormir um pouco. Não havia nada que eu pudesse fazer. Fui para a cama.

"Duas horas depois fui arrancado de minha inconsciência por uma mão tateante. O quarto estava um breu; mas minhas narinas reconheceram de imediato a aura de feminilidade e o perfume de lírios que circundavam a presença oculta. Sentei-me na cama. 'Sra. Maartens?' (Eu ainda a chamava de sra. Maartens.) O silêncio estava prenhe de tragédia. 'O dr. Maartens piorou?', perguntei aflito. Não houve resposta imediata, apenas um movimento na escuridão, apenas o ranger de molas quando ela se sentou na beirada da cama. As franjas do xale espanhol que ela jogara por sobre os ombros roçaram meu rosto; o alcance de sua fragrância me envolveu. Apavorado, de repente me peguei recordando o solilóquio de Henry. Beatriz tinha seus apetites, Laura era uma formanda da senhorita Floggy. Que blasfêmia, que profanação hedionda! Fui tomado pela vergonha, e minha vergonha degenerou em uma ojeriza intensa, arrependida, por mim mesmo, quando, rompendo o longo silêncio, Katy disse-me com uma voz monótona e inexpressiva que chegara outra ligação de Chicago: a mãe dela estava morta. Murmurei uma espécie de condolência. Então a voz monótona falou de novo. 'Estava tentando dormir um pouco', disse a voz. 'Mas não consigo; estou cansada demais para dormir.' Ouvi um suspiro de cansaço desesperador, depois silêncio mais uma vez.

"'Você já viu alguém morrer?', por fim retomou a voz. Mas meu serviço militar não tinha me levado à França, e quando meu pai morreu eu estava na casa da minha avó. Aos vinte e oito anos eu sabia tão pouco da morte quanto sabia daquele outro grande ato de usurpação a que o orgânico submete a verbalização, a que a experiência submete as nossas concepções e convenções — o ato do amor. 'O mais terrível de tudo é o desligamento', ouvi-a dizendo. 'Você fica lá sentada impotente, vendo se romperem as conexões, uma após a outra. A conexão com as pessoas, a conexão com a linguagem, a conexão com o universo físico. Elas não conseguem ver a luz, elas não conseguem sentir o calor, elas não conseguem respirar o ar. E finalmente a conexão com o próprio corpo começa a sucumbir. Restam por fim penduradas num único fio — que vai se esfiapando e esfiapando, minuto a minuto.' A voz se deteve e, a julgar pelo som abafado das últimas palavras, eu soube que Katy havia coberto o rosto com as mãos. 'Completamente só', ela sussurrou, 'completamente só.' Os moribundos, os viventes — todo mundo está sempre sozinho. Ouvi um choramingo na escuridão, depois percebi um convulsivo gesto de estremecimento, um grito que não chegava a ser humano. Ela estava soluçando. Eu a amava e ela estava atormentada. No entanto, a única coisa que arranjei para dizer foi: 'Não chore'." Rivers deu de ombros. "Se você não acredita em Deus ou em vidas futuras — no que, como filho de pastor, eu obviamente não acreditava, a não ser num sentido estritamente pickwickiano[8] —, que *mais* se poderia dizer na presença da morte? Além disso, neste caso em particular, havia o fato grotescamente constrangedor de que eu não conseguia resolver como chamá-la. O pesar que ela sentia e a minha compaixão haviam impossibilitado dirigir-me a ela como 'sra. Maartens', mas, por

---

8 Ou seja, num sentido antes abstrato e deturpado que literal — como era do hábito do protagonista de *As aventuras do sr. Pickwick* (1836), primeiro romance de Dickens.

outro lado, 'Katy' poderia parecer presunçoso, poderia até soar como se eu estivesse me aproveitando da tragédia com os propósitos sórdidos de um pilantra que achava impossível esquecer a senhorita Floggy e a avalanche de titica do solilóquio sub-humano de Henry. 'Não chore', continuei sussurrando, e em lugar dos carinhos proibidos, do primeiro nome que eu não ousava pronunciar, pousei uma mão tímida no seu ombro e lhe dei umas desajeitadas palmadinhas. 'Me desculpe', ela disse. E depois, entre espasmos: 'Prometo que vou me comportar direito amanhã'. E depois de outro paroxismo de choro: 'Não choro assim desde que me casei'. Só depois o significado completo dessa última frase começou a me ocorrer. Ao pobre Henry jamais serviria uma esposa que se permitisse chorar. Sua fraqueza crônica a compelia a ser renitentemente forte. Mas mesmo a mais estoica das fortalezas tem seus limites. Naquela noite Katy estava no fim de suas forças. Sofrera uma derrota total — mas uma derrota que, de certo modo, para ela era bem-vinda. As circunstâncias haviam sido duras demais para ela. Mas, como forma de compensação, ela havia ganhado uma folga da responsabilidade, havia sido autorizada, ainda que por uns poucos e breves minutos, a comprazer-se no luxo — para ela inédito — das lágrimas. 'Não chore', eu ficava repetindo. Mas na verdade ela queria chorar, ela sentia a necessidade de chorar. Isso sem mencionar o fato de que ela tinha as melhores razões possíveis para chorar. A morte a cercava — buscara sua mãe; buscava, inevitavelmente, ao que parecia, o seu marido; em mais alguns anos buscaria ela própria, em mais uns anos os filhos. Estavam todos caminhando rumo à mesma consumação — rumo ao progressivo desligamento de todas as linhas de comunicação, rumo ao lento, ao indiscutível atrito dos fios que as sustentavam, rumo ao salto final, a sós, no vazio.

"De algum lugar muito além dos telhados das casas um relógio soou o quarto de hora. As badaladas eram um insulto que a mão humana acrescentava gratuitamente a uma injúria cósmica — um símbolo da incessante passagem do tempo, um lembrete do fim inevitável. 'Não chore', eu implorava, e, esquecendo tudo exceto minha compaixão, levei a mão até o outro ombro e puxei-a para perto. Sacudida por soluços e tremedeira, ela apertou-se contra mim. O relógio soara, o tempo sangrava, e mesmo os viventes estavam absolutamente sozinhos. Nossa única vantagem sobre a morte lá em Chicago, sobre o moribundo do outro lado da casa, consistia no fato de que podíamos estar sozinhos mas acompanhados, de que podíamos justapor nossas solidões e fingir que as havíamos amalgamado numa certa comunhão. Mas é claro que não eram esses os pensamentos que me vinham naquele momento. Naquele momento não havia espaço em minha mente para nada que não fosse amor e piedade e uma preocupação intensamente prática pelo bem-estar desta deusa que de repente se tornara uma criança em prantos, esta adorada Beatriz que agora tremia, da mesmíssima maneira que tremem os cãezinhos, dentro do círculo de meu enlace protetor. Toquei as mãos com que ela cobria o rosto; estavam frias feito pedra. E os pés descalços, frios feito gelo. 'Mas você vai congelar!', eu disse quase indignado. E depois, agradecido por finalmente poder traduzir minha compaixão em ação prática: 'Você precisa se enfiar debaixo das cobertas', ordenei. 'Imediatamente.'

Imaginei-me cobrindo-a ternamente, depois puxando uma cadeira e me sentando, velando calado, como uma mãe, enquanto ela pegava no sono. Mas quando me mexi para sair da cama, ela agarrou-se a mim, não queria me deixar. Tentei desvencilhar-me, tentei protestar. 'Sra. Maartens!' Mas era como protestar contra a mão premente de uma criança que se afoga; o ato era a um só tempo inumano e inútil. E neste ínterim ela se enregelava até os ossos e tremia — tremia incontrolavelmente. Fiz a única coisa que me restava fazer."

"Quer dizer que entrou junto debaixo das cobertas?"

"Embaixo das cobertas", repetiu ele, "com dois braços desnudos e gelados em redor do meu pescoço e um corpo trêmulo e sacudido por soluços pressionado contra o meu."

Rivers bebericou o uísque e, recostando-se na cadeira, permaneceu longo tempo a fumar em silêncio.

"A verdade", disse por fim, "toda a verdade e nada além da verdade. Toda testemunha faz o mesmo juramento e depõe acerca dos mesmos eventos. O resultado, é claro, são cinquenta e sete versões ficcionais. Qual delas está mais perto da verdade? Stendhal ou Meredith? Anatole France ou D. H. Lawrence? 'As fontes de nossa vida mais profunda confundir-se-ão na pureza dourada da paixão' ou O *comportamento sexual da fêmea humana*?"[9]

"Acaso *você* sabe a resposta?", indaguei.

Ele balançou a cabeça.

---

9 Após contrapor romancistas franceses e ingleses, John Rivers apresenta dois versos do *Epipsychidion* de Shelley ("The fountains of our deepest life shall be/ Confused in passion's golden purity") e as controversas pesquisas de comportamento sexual feitas pelo dr. Alfred Kinsey e publicadas pouco antes da época em que se passa esse diálogo.

Vamos descrever o evento em relação a três coordenadas." No ar à sua frente Rivers traçou com a haste do cachimbo duas linhas em ângulo reto, para a partir de seu ponto de interseção acrescentar uma linha vertical que levou sua mão acima da cabeça. "Vamos supor que uma dessas linhas represente Katy, outra represente o John Rivers de trinta anos atrás e a terceira o John Rivers que sou hoje. Agora, tendo esse quadro por referência, o que podemos dizer sobre a noite de 23 de abril de 1923? Não a verdade toda, é claro. Mas boa parte dela, o que nenhuma ficção sozinha consegue transmitir. Vamos começar pela linha de Katy." Ele a desenhou novamente, e por um momento a fumaça flutuante de seu cachimbo assinalou sua posição no espaço. "Essa é a linha", disse, "de uma pagã a quem as circunstâncias forçaram a uma situação que só um cristão ou budista consumado conseguiria encarar adequadamente. É a linha de uma mulher que sempre se sentiu muitíssimo à vontade no mundo e que de repente se vê à beira do abismo e invadida, tanto no corpo como na mente, pelo horrível e negro vazio que a confronta. Pobrezinha! Ela se sentiu abandonada não por Deus (pois ela era congenitamente incapaz do monoteísmo) mas pelos deuses — por todos eles, dos miúdos lares e penates domésticos aos gigantes olímpicos. Eles a haviam deixado e levado tudo consigo. Ela teve que encontrar seus deuses de novo. Teve que tornar a fazer parte da ordem natural — e portanto divina — das coisas. Teve que restabelecer seus contatos com a vida — com a vida em sua forma mais simples, com a vida em suas manifestações mais inequívocas, como companhia física, tais como a experiência do calor animal, a sensação da força, a fome e o saciar da fome. Era uma questão de autopreservação. E essa não é a história toda", acrescentou Rivers. "Ela estava em prantos, lamentando a mãe que acabara de morrer, lamentando o marido que poderia morrer no dia seguinte. Há certa afinidade entre emoções as mais violentas. A raiva descamba muito facilmente na luxúria agressiva, e o pesar, se lhe franqueamos passagem, funde-se quase que imperceptivelmente na mais deliciosa sensualidade. Após o que, é claro, assim dá Ele aos Seus amados o sono. No contexto da privação, o amor é o equivalente dos barbitúricos e de uma viagem ao Havaí. Ninguém inculpa a viúva ou o órfão de recorrer a esses lenitivos. Então por que condená-los por tentar preservar a vida e a sanidade por meio do outro método mais simples que há?"

"*Eu* não estou condenando ninguém", garanti-lhe. "Mas as outras pessoas têm pontos de vista diversos."

"E trinta anos atrás eu era uma delas." Ele correu o cachimbo para cima e para baixo na linha vertical imaginária que havia à sua frente. "A linha de um puritano virgem de vinte e oito anos, a linha de um ex-luterano e ex-filhinho da mamãe, a linha de um idealista petrarquiano. *Dessa* posição eu não tinha escolha senão pensar que era um adúltero traiçoeiro, e que Katy era... o quê? Palavras hediondas demais para serem articuladas. Ao passo que do ponto de vista da deusa Katy não acontecera nada que não fosse inteiramente natural, e, sendo natural, era moralmente bom. Olhando o caso a partir daqui", disse indicando a linha de John Rivers-Agora, "eu diria que nós dois estávamos em parte corretos, e portanto totalmente errados: ela por estar acima do bem e do mal num nível meramente olímpico (e os olimpianos, é claro, não passavam de um bando de animais super-humanos com poderes miraculosos) e eu por não estar acima do bem e do mal em nenhum nível, mas ainda assim atolado até os ouvidos em noções demasiado humanas de pecado e convenção social. Para estar completamente certa, ela devia ter descido ao meu nível e depois avançado até a outra extremidade; enquanto eu devia ter escalado para igualar-me a ela e, não encontrando satisfação, pressionado para unir-me a ela no lugar onde nos encontramos genuinamente acima do bem e do mal no sentido da existência, não um animal super-humano, mas um homem ou mulher transfigurados. Se estivéssemos nesse nível, será que teríamos feito o que fizemos? É uma questão sem resposta. E de fato não estávamos naquele nível. Ela era uma deusa que havia temporariamente caído e buscava o caminho do Olimpo pela via da sensualidade. Eu era uma alma dividida cometendo um pecado ainda mais descomunal por estar acompanhado do mais extático dos prazeres. Alternativamente e por vezes até simultaneamente, eu era duas pessoas — um novato apaixonado que tivera a extraordinária bem-aventurança de ver-se nos braços de uma mulher a um só tempo desinibida e maternal, profundamente terna e profundamente sensual, e um verme de consciência pesada, envergonhado de ter sucumbido àquilo que lhe haviam ensinado ser as paixões mais chãs, e perturbado, de fato ultrajado (pois ele era tão intolerante quanto compungido) pela fácil despreocupação com que sua Beatriz aceitou a intrínseca superioridade do prazer, com que sua Laura demonstrou sua proficiência nas artes do amor, e a demonstrou, cabe ainda dizer, no contexto solene da mortalidade. A sra. Hanbury estava morta, Henry estava prestes. Segundo todas as regras, ela devia estar de luto e eu devia estar oferecendo as consolações da filosofia. Mas o fato, o cru e paradoxal fato..." Fez-se um momento de silêncio. "Pigmeus", ele prosseguiu pensativo, conforme estudava, de pestanas fechadas, suas longínquas memórias. "Pigmeus que não pertencem ao meu universo. E não pertenciam a ele mesmo naquela época. Aquela noite de 23 de abril estávamos no Outro Mundo, eu e ela, no sombrio e mudo paraíso da nudez, do toque e da fusão. E que revelações naquele firmamento, que pentecostes! As aparições de suas carícias eram como anjos inesperados, como pombas arremetendo. E com que hesitação, com que delonga eu reagia! Com lábios que nada se permitiam, com mãos que ainda temiam blasfemar contra o que eu — ou melhor, minha mãe — considerava ser uma mulher honrada, contra o que de fato todas as mulheres honradas são — apesar do que (e isso foi tão chocante quanto maravilhoso) minhas tímidas blasfêmias contra o ideal foram recompensadas por uma contrapartida de deleite extático, por um butim de ternura recíproca, diferente de tudo que eu poderia ter imaginado. Mas acima daquele Outro Mundo noturno pairava este mundo — o mundo em que se dava o pensar e o existir cotidiano do John Rivers de 1923; o mundo onde este tipo de coisa era sem dúvida criminosa, onde um pupilo havia traído seu mestre, e uma esposa, seu marido; o mundo de cujo ponto de vista nosso céu escuro era o mais sórdido inferno e os anjos que o visitavam não eram nada além de manifestações de luxúria no contexto de um adultério. Luxúria e adultério", repetiu Rivers com uma risadinha. "Como soa antiquado! Hoje em dia preferimos falar em impulsos, ímpetos, intimidades extraconjugais. Será que é uma boa coisa? Ou uma coisa ruim? Ou será que simplesmente não importa, de uma maneira ou de outra? Daqui a cinquenta anos, quem sabe Bimbo venha a saber a resposta. Nesse meio-tempo, só podemos registrar o fato de que, em um nível verbal, a moralidade é simplesmente o uso sistemático do linguajar. *Sórdido, rasteiro, imundo* — são essas as fundações linguísticas da ética; e essas eram as palavras que assombraram minha consciência enquanto eu jazia lá deitado, durante horas e horas, velando o sono de Katy. O sono — dormir também é estar no Outro Mundo. Tem uma outridade ainda maior que o paraíso do toque. Do amor ao sono, do outro à outridade. É a outridade do outro que investe a amada adormecida de uma qualidade que beira o sagrado. Uma sacralidade desamparada — aquilo que as pessoas adoram no Jesus Menino; aquilo que me preenchia, então, com tamanha e indizível ternura. E no entanto era tudo tão sórdido, rasteiro, imundo. Que trissílabos hediondos! Eram como pica-paus a me martelar com seus bicos de ferro fundido. Sórdido, rasteiro, imundo... Mas no silêncio que havia entre duas debicadas eu podia ouvir Katy respirando tranquila; e ela era minha amada, adormecida e indefesa e portanto sagrada, sagrada naquele Outro Mundo onde todo linguajar, até mesmo a boa linguagem, era inteiramente irrelevante e não vinha ao caso. Mas isso não impediu que aqueles malditos pica-paus voltassem à carga com furor inalterado.

"Depois, contra todas as convenções da ficção e da correção do estilo, devo ter adormecido. Porque de repente despontou a alvorada, e os pássaros piavam nos jardins suburbanos, e lá estava Katy de pé ao lado da cama no ato de atirar o xale de franjas compridas sobre os ombros. Por uma fração de segundo não compreendi por que ela se encontrava ali. Depois me recordei de tudo — das aparições no escuro, do inefável Outro Mundo. Mas agora era manhã, e estávamos de volta a este mundo, e eu teria de chamá-la de sra. Maartens. Sra. Maartens, cuja mãe acabara de morrer, cujo marido poderia talvez estar morrendo. Sórdido, rasteiro, imundo! Como poderia voltar a olhá-la nos olhos? Mas naquele momento ela se virou e *me* olhou nos olhos. Tive tempo de ver os primórdios de seu velho sorriso, franco e amplo; depois, angustiado pela vergonha e pelo embaraço, desviei o olhar. 'Estava torcendo para que você não acordasse', ela sussurrou e, inclinando-se, deu um beijo em minha testa, como fazem os adultos com as crianças. Eu queria ter dito a ela que, apesar de tudo, ainda a reverenciava; que meu amor era tão intenso como meu arrependimento; que minha gratidão pelo que acontecera era tão profunda e poderosa como minha determinação para que jamais voltasse a acontecer. Mas não me veio nenhuma palavra; eu estava mudo. E assim, mas por razão completamente diferente, também se achava Katy. Se ela não dissesse nada acerca do que acontecera, era porque julgava que o que acontecera era o tipo de coisa sobre a qual era melhor calar. 'Já passa das seis' — foi tudo o que ela disse, enquanto se arrumava. 'Devo ir render a pobre enfermeira Koppers.' Depois se voltou, abriu a porta sem fazer barulho e, com o mesmo cuidado, fechou-a atrás de si. Fiquei sozinho, à mercê de meus pica-paus. Sórdido, rasteiro, imundo; sórdido, rasteiro, imundo... Assim que o sino tocou indicando o café da manhã, eu estava decidido. Em vez de viver uma mentira, em vez de deturpar meu ideal, eu iria embora — para sempre.

"No saguão, a caminho da sala de jantar, topei com Beulah. Ela carregava uma bandeja com ovos e bacon, cantarolando a melodia de 'Todas as criaturas que na terra habitam'; ao me avistar, abriu um sorriso radiante e disse: 'Deus seja louvado!'. Eu nunca me sentira tão pouco inclinado a louvá-Lo. 'Prevejo um milagre', ela continuou. E quando lhe perguntei como sabia que haveria um milagre, disse-me que tinha acabado de ver a sra. Maartens no quarto do doente, e a sra. Maartens havia voltado ao seu normal. Não era mais um fantasma, mas quem costumava ser. Recuperara a virtude, o que significava que o dr. Maartens começaria a melhorar de novo. 'É uma dádiva', ela disse. 'Rezei por isso noite e dia. *Meu Deus, dê um pouco de sua glória à sra. Maartens. Deixe que ela recupere sua virtude, para que o dr. Maartens possa melhorar. E Ele deu, Ele deu mesmo!*' E como para confirmar o que ela disse, ouvimos um burburinho atrás de nós nas escadas. Viramo-nos. Era Katy. Estava toda de preto. O amor e o sono haviam suavizado seu rosto, e seu corpo, que no dia anterior havia se mexido tão penosamente, à custa de tanto empenho, estava agora tão forte, tão repleto de vida quanto antes da convalescença da mãe. Voltara a ser uma deusa — de luto mas não apagada, luminosa até, com seu pesar e sua resignação. A deusa desceu as escadas, disse bom-dia e perguntou se Beulah havia me transmitido as más notícias. Por um momento pensei que algo teria acontecido a Henry. 'Quer dizer que o dr. Maartens...?', principiei. Ela me atalhou: as más notícias sobre a mãe dela. E subitamente me dei conta de que ainda não tinha ouvido em caráter oficial sobre o infeliz acontecimento em Chicago. O sangue subiu-me às faces e eu virei o rosto, horrivelmente confuso. Já estávamos interpretando a farsa — e eu era ruim no papel! Triste mas serena, a deusa continuou falando sobre a chamada telefônica da madrugada, sobre a voz soluçante da irmã na outra extremidade da linha, sobre os últimos momentos da arrastadíssima agonia. Beulah suspirou ruidosamente, disse que era a vontade de Deus e que sempre soubera, depois mudou de assunto. 'E o sr. Maartens?', perguntou. Tinham tirado sua temperatura? Katy assentiu; tinham sim, e definitivamente baixara. 'Pois eu não lhe disse?', disse-me a velha, triunfal. 'É a graça de Deus, como eu disse. O Senhor lhe devolveu a virtude.' Passamos à sala de jantar, nos sentamos e começamos a comer. À tripa forra, conforme me lembro. E me lembro, também, de que achei essa copiosidade muito chocante." Rivers riu-se. "Como é difícil não ser maniqueísta! A alma é enlevo, o corpo é baixeza. A morte concerne à alma, e nesse contexto ovos e bacon são puro mau gosto, e o amor, é claro, é puro sacrilégio. No entanto, está patente que ovos e bacon podem ser os instrumentos da graça, que o amor pode ser escolhido como instrumento da intervenção divina."

"Você está falando como Beulah", objetei.

"Porque não há outras palavras para empregar. A irrupção interior de algo forte e maravilhoso, algo manifestamente maior que nós; as coisas e os eventos que, por serem neutros e francamente hostis, subitamente, gratuitamente, espontaneamente vêm nos socorrer — estes são os fatos. Podem ser observados, podem ser vivenciados. Mas se você quiser falar sobre eles, descobre que o único vocabulário possível é o teológico. Graça, Orientação, Inspiração, Providência — as palavras protestam demais, suplicam todas as questões antes de terem sido perguntadas. Mas há ocasiões em que não se pode evitá-las. Ali estava Katy, por exemplo. Quando voltou de Chicago, a virtude desapareceu dela. Desapareceu tão completamente que ela se tornou inútil para Henry e um fardo para si mesma. Outra mulher poderia ter rezado por força, e a prece poderia ter sido atendida — porque as rezas às vezes *são* atendidas. O que é absurdo e está fora de questão; no entanto, acontece. Não acontecem, contudo, com pessoas como Katy. Katy não era dada a preces. Para ela, o sobrenatural era a Natureza; o divino não era nem espiritual nem especificamente humano; residia nas paisagens, no pôr do sol, nos animais, residia nas flores, no cheiro azedo dos recém-nascidos, no calor e na maciez de crianças acarinhadas, residia nos beijos, é claro, nos apocalipses de amor noturnos, no mais difuso porém não menos inefável êxtase do simples bem-estar. Ela era uma espécie de Anteu feminino — invencível quando tinha os pés no chão, uma deusa contanto que estivesse em contato com a deusa maior que habitava nela, com a Mãe universal que habitava fora. Três semanas de vigília a uma mulher moribunda haviam cortado esse contato. A Graça retornou assim que foi restaurada, e isso aconteceu na noite de 23 de abril. Uma hora de amor, cinco ou seis horas da profunda outridade do sono, e o vazio estava preenchido, o fantasma, reencarnado. Ela voltou à vida — não ela, é claro, mas a Desconhecida Grandeza que vivia nela. A Desconhecida Grandeza", repetiu ele. "Em uma das extremidades do espectro está o espírito puro, a Luz Radiante do Vazio; no outro, o instinto, a saúde, o perfeito funcionamento de um organismo há tanto tempo infalível que nele não interferimos; e em algum ponto entre os dois extremos está o que são Paulo chamou de 'Cristo' — o divino tornado humano. A graça espiritual, a graça animal, a graça humana — três aspectos de um mesmo mistério que subjaz; idealmente todos nós deveríamos estar abertos a todos eles. Na prática, muitos de nós nos munimos contra quaisquer formas de graça ou, quando abrimos a porta, deixamos entrar apenas uma delas. O que, é evidente, não basta. No entanto, um naco de pão ainda é melhor que pão nenhum. Isso ficou manifesto naquela manhã de 24 de abril. Desligada da graça animal, Katy era um fantasma impotente. Restaurada, era Hera e Deméter e Afrodite gloriosamente personificadas numa só, com Esculápio e a gruta de Lurdes de lambuja — pois o milagre estava mesmo a caminho. Depois de três dias à beira da morte, Henry sentiu a presença da virtude nela, e passou a reagir. Lázaro estava prestes a ser ressuscitado."

"Por tabela, graças a você!"

"Por tabela, graças a mim", repetiu ele.

"*Le Cocu Miraculé*.[10] Que tema para uma farsa francesa!"

"Tão bom quanto qualquer outro: Édipo, por exemplo, ou Lear, até mesmo Jesus ou Gandhi — qualquer um deles poderia render uma farsa ribombante. É apenas questão de descrever seus personagens com afastamento, sem compaixão, numa linguagem violenta mas não sem sua poesia. Na

---

10 O corno milagroso.

vida real a farsa existe apenas para os espectadores, nunca para os atores. Participam mesmo é de uma tragédia ou de um complicado e relativamente penoso drama psicológico. No que me dizia respeito, a farsa da cura milagrosa do corno era uma angústia arrastadíssima de lealdades divididas, de amor em conflito com o dever, de tentações reprimidas e depois ignominiosamente satisfeitas, de prazeres desfrutados com culpa e penitenciados com ardor, de boas resoluções feitas, esquecidas, refeitas e mais uma vez varridas pela torrente de desejo irresistível."

"Achei que estava resolvido a partir."

"E estava. Mas isso foi antes de vê-la descer aquelas escadas, reencarnada como deusa. Uma deusa de luto. Aquelas insígnias do sofrimento mantiveram acesas a pena, a adoração religiosa, a ideia de que minha amada era um espírito que devia ser reverenciado em espírito. Mas do corpete preto brotava a luminosa coluna que era seu pescoço; dos caracóis de melenas cor de mel surgia um rosto transfigurado por uma espécie de radiância extraterrena. Como foi mesmo que Blake escreveu?

Numa esposa eu rendo preito
Ao que nas prostitutas sempre tive:
Os feitios do desejo satisfeito.[11]

Mas os feitios do desejo satisfeito são também os feitios da desejabilidade, os feitios da promessa de satisfações

---

11 "In a wife I would require/ What in whores is always found,/ The lineaments of gratified desire". Dos cadernos de William Blake.

futuras. Deus, com que fervor eu a desejava! E com que paixão, das profundezas de meu arrependimento e das alturas de meu idealismo, eu me desprezava por desejá-la! Quando voltei do laboratório, tentei entender-me com ela. Mas ela me repreendeu. Não era a hora, não era o lugar. Beulah ou até mesmo a enfermeira Koppers poderia entrar. Seria melhor à noite, quando poderíamos ter sossego. E assim, naquela noite ela veio ao meu quarto. Na escuridão, no campo perfumado de sua feminilidade, tentei dizer-lhe tudo que eu fora incapaz de dizer-lhe de manhã — que eu a amava, mas não devia; que eu nunca estivera tão feliz, nem tão miserável; que eu recordaria o que acontecera com a gratidão mais fervorosa, por toda a minha vida, e que no dia seguinte faria minhas malas e partiria para nunca, nunca mais voltar a vê-la. Naquela altura minha voz sumiu e eu me peguei soluçando. Foi a vez de Katy dizer: 'Não chore', de oferecer o consolo de uma mão no ombro, um braço circundante; o desfecho, é claro, foi o mesmo da noite anterior. O mesmo, só que mais intenso: com pentecostes mais ferozes, aparições não só de meros anjos, mas de Tronos, Dominações, Potestades; e na manhã seguinte (quando, é desnecessário dizer, não fiz minhas malas), de remorsos que correspondiam aos êxtases, de pica-paus de recíproca ferocidade."

"Cujas debicadas, deduzo, nem chegavam perto de incomodar Katy."

"Recusando-se terminantemente a conversar a respeito", acrescentou Rivers.

"Mas não é *possível* que vocês não tenham tocado no assunto."

"Fiz o melhor que pude. Mas para haver diálogo é preciso duas pessoas. Toda vez que eu tentava lhe dizer o que me ia pelo coração e pela cabeça, ou ela mudava de assunto ou então, com uma risadinha, com uma palmadinha indulgente no dorso da mão, calava-me gentilmente mas muito resoluta. Teria sido melhor, eu me pergunto, fazer tudo às claras, tendo a bravura de pôr os pingos nos is e ofertado um ao outro uma baixela de prata com as nossas entranhas palpitantes? Talvez sim. Talvez não. A verdade liberta; por outro lado, é melhor não cutucar a fera com vara curta e, principalmente, manter-se bem longe dela. Nunca se deve esquecer que as guerras mais implacáveis nunca são as guerras que se travam por causa de coisas; são as guerras que se travam por causa dos disparates que os loquazes idealistas falam sobre essas coisas — em outras palavras, as guerras religiosas. A limonada — o que é? Uma coisa que se faz com limões. E uma cruzada, o que é? Uma coisa que se faz com cruzes — uma expedição de violência gratuita motivada por uma obsessão com símbolos obtusos. 'O que está lendo, meu amo?' 'Palavras, palavras, palavras.'[12] E o que uma palavra contém? Resposta: cadáveres, milhões de cadáveres. E a moral *disso* é: feche a matraca; ou, se *precisar mesmo* abri-la, nunca leve muito a sério o que sai dela. Katy manteve as *nossas* matracas hermeticamente fechadas. Ela tinha a sabedoria instintiva que proscreve as palavras de quatro letras (e, *a fortiori*, os polissílabos científicos), enquanto tacitamente toma como favas contadas os atos cotidianos e noturnos de quatro letras a

---

12   Shakespeare, *Hamlet*, ato II, cena II.

que se referem. Em silêncio, um ato é um ato é um ato. Verbalizado e discutido, torna-se um problema ético, um *casus belli*, a origem de uma neurose. Se Katy tivesse aberto a boca, onde, eu lhe pergunto, nós estaríamos? Num labirinto de culpas e aflições intercomunicantes. Algumas pessoas, é claro, apreciam esse tipo de coisa. Outras detestam, mas sentem, com pesar, que merecem sofrer. Katy (que Deus a abençoe!) não era nem metodista nem masoquista. Era uma deusa, e o silêncio das deusas é ouro puro. Nada de folheamento. Um consistente silêncio de vinte e quatro quilates a vida toda. A matraca do olimpiano permanece fechada, não por um ato de discrição voluntária, mas porque de fato não há nada a dizer. As deusas todas são feitas de um só pedaço. Nelas não existe conflito interno. Ao passo que a vida das pessoas como você e eu é uma longa disputa. De um lado os desejos, do outro os pica-paus. Nunca temos um momento de silêncio de verdade. Aquilo de que eu mais precisava na época era uma dose de boa linguagem justificativa para contrapor o efeito de toda aquela sordidez rasteira e imunda. Mas isso Katy não me daria. Boa ou má, a linguagem estava totalmente fora de questão. A questão, até onde dizia respeito a ela, era sua experiência da outridade criativa do amor e do sono. A questão, para ela, era encontrar-se de novo num estado de graça. A questão, enfim, era sua renovada capacidade de fazer algo por Henry. É comendo os frutos que se prova a existência da árvore. O prazer fora recebido e dado, a virtude, restaurada, Lázaro, levantado de entre os mortos — era óbvio que o ato de comer, neste caso, era bom. Então restava fartar-se de frutas e não falar de boca cheia — más maneiras que nos impedem de apreciar o sabor ambrosíaco. Esse era um conselho bom demais para ser verdade. Sim, eu não falava com ela; ela não me permitia. Mas eu continuava falando comigo — falando e falando até que a ambrosia se transformasse em absinto ou se contaminasse pelo gosto horrivelmente putrefato do prazer proibido, do pecado que se reconhecera e no qual eu mergulhara lúcido. E entrementes o milagre estava procedendo como devia. Firme, rápido, sem nenhum contratempo, Henry estava melhorando."

"E isso não o animou em nada?", perguntei.

Rivers assentiu com a cabeça.

"De certa forma, sim. Porque, é claro, mesmo naquela época, mesmo naquele meu estado de inocência imbecil, eu era indiretamente responsável pelo milagre. Eu havia traído meu mestre; mas se eu não o tivesse traído, ele provavelmente estaria morto. O mal estava consumado; mas o bem, um bem enorme, havia de resultar daquilo tudo. Era uma espécie de justificativa. Por outro lado, como parecia horrível que a graça de Katy e a vida do marido dependessem de algo tão intrinsecamente baixo, de algo tão completamente sórdido e rasteiro e imundo — corpos, e sua satisfação sexual! Todo o meu idealismo revoltou-se diante da ideia. E contudo era a mais perfeita verdade."

"E Henry?", perguntei. "Quanto ele sabia — ou suspeitava — das origens do milagre?"

"Nada", respondeu Rivers enfaticamente. "Não, menos que nada. Ele se encontrava num humor, conforme emergia da sepultura, no qual a suspeita era impensável. 'Rivers', disse-me um dia quando estava bem o bastante para fazer-me entrar e ler para ele, 'quero falar com você. Sobre Katy', acrescentou após uma pausa. Meu coração parou de bater. Era este o momento que eu temia. 'Lembra-se da noite anterior à minha enfermidade?', prosseguiu. 'Eu não estava em meu perfeito juízo. Disse todo tipo de coisas que não deveria ter dito, coisas que não eram verdade, por exemplo, sobre Katy e aquele médico da Johns Hopkins.' Mas o médico da Johns Hopkins, como agora ele descobrira, era aleijado. E mesmo se o homem não tivesse tido paralisia infantil, Katy era completamente incapaz de sequer pensar em coisa do tipo. E numa voz que tremia de emoção ele seguiu me dizendo como Katy era maravilhosa, como era indizível sua sorte por ter conseguido conquistar e segurar uma esposa a um só tempo tão boa, tão bonita, tão sensata e contudo tão sensível, tão forte e fiel e devotada. Sem ela, teria ficado louco, arruinado, fracassado. E agora ela havia salvado sua vida; e pensar que ele tinha dito aquelas coisas brutas, maldosas e insensíveis sobre ela o atormentava. Então que tal se eu as esquecesse ou, caso viesse a lembrar delas, as tomasse por meros desvarios de um homem doente? Era um alívio, é claro, não ter sido descoberto, mas mesmo assim, de certo modo, isso era ainda pior — pior porque essa demonstração de tamanha confiança e de uma ignorância tão abismal só fez eclodir a vergonha — a vergonha não só de mim mesmo, mas também de Katy. Éramos um par de traidores, confabulando contra um simplório — um simplório que, por razões sentimentais que não lhe rendiam nada além de crédito, estava dando tudo de si para tornar-se ainda mais inocente do que a natureza já o tornava.

"Naquela noite consegui falar um pouquinho do que me ia na mente. A princípio ela tentou calar minha boca com beijos. Depois, quando a afastei, irou-se e ameaçou voltar a seu quarto. Tive a sacrílega coragem de impedi--la usando de força bruta. 'Você precisa me ouvir', eu disse quando ela lutava para libertar-se. E segurando-a à distância de um braço, como fazemos com um animal perigoso, eu dei vazão ao meu relato de angústia moral. Katy me ouviu; depois, quando tudo acabou, ela riu-se. Não sarcasticamente, não com a intenção de me ferir, mas com a ensolarada sagacidade do divertimento das deusas. 'Você não conseguirá suportar isso', ela provocou. 'Você é nobre demais para fazer parte de uma fraude! Não consegue nunca pensar em algo que não seja sua preciosa individualidade? Pense em *mim*, para variar; pense em Henry! Um gênio acamado e a pobre mulher cujo trabalho tem sido manter o gênio com vida e com razoável sanidade. Era o seu enorme e maluco intelecto contra os meus instintos, a sua desumana negação da vida contra o jorro de vida que tenho em mim. Não foi fácil, eu tive de lutar com cada arma que encontrava à mão. E agora estou aqui tendo que ouvir você dizendo o disparate mais enjoado de uma aula de catequese, você tendo a ousadia de dizer a mim — a *mim*! — que não pode viver uma mentira — como George Washington com a cerejeira.[13] Você me cansa. Vou para a cama.' Ela bocejou e, rolando de lado, deu-me as costas — as costas", acrescentou Rivers com uma resfolegada sorridente, "as costas de infinita

---

13 O episódio — inventado, ao que parece, por um dos primeiros biógrafos do presidente — conta como o pai de George Washington teria perdoado ao filho de seis anos de idade a derrubada de sua cerejeira predileta por não ter ele fugido à verdade quando confrontado sobre a autoria do delito.

eloquência (caso você a examinasse no escuro com a ponta dos dedos, como se lesse em braille) de Afrodite Calipígia. E aquilo, meu amigo, *aquilo* foi o mais próximo que Katy chegou de dar uma explicação ou um pedido de desculpa. Não me deixou mais sábio do que antes. Na verdade, deixou-me consideravelmente mais ignorante; pois suas palavras me urgiram a questionar muitas coisas às quais ela nunca se dava ao trabalho de fornecer uma resposta. Teria ela sugerido, por exemplo, que esse tipo de coisa era inevitável — ao menos nas circunstâncias de seu próprio casamento? Teria, de fato, acontecido antes? Se tivesse, quando? Com que frequência? E com quem?"

"Chegou a descobrir?", perguntei.

Rivers balançou a cabeça.

"Nunca fui além de cismar e imaginar — e com que vivacidade, meu Deus! O que já bastava, é claro, para me deixar mais miserável do que já estava. Mais miserável e ao mesmo tempo dono de um amor mais delirante. Por que é que quando se suspeita que a mulher que você ama fez amor com outra pessoa o desejo só parece aumentar? Eu tinha amado Katy até o limite. E agora eu me via amando-a para além do limite, amando-a desesperada e insaciavelmente, amando-a com impetuosidade, se é que me entende. A própria Katy logo percebeu. 'Você está olhando para mim', queixou-se duas noites depois, 'como se estivesse numa ilha deserta e eu fosse um bife. Pare com isso. As pessoas vão notar. E além disso eu *não* sou um bife, eu sou um ser humano cru e não cozido. E de todo modo Henry está quase recuperado, e as crianças chegam amanhã. As coisas precisarão voltar a ser o que eram antes. Temos que ser sensatos.' Sensatos... Assim prometi — mas só a partir do dia seguinte. Enquanto isso — apague as luzes! — eu tinha a meu dispor aquele amor impetuoso, aquele desejo que mesmo no fervor de sua consumação retinha uma qualidade de desespero. As horas se passaram e no devido tempo chegou o amanhã — a alvorada entre as janelas, os pássaros no jardim, a angústia do último abraço, as reiteradas promessas de que eu seria sensato. E com que fidelidade mantive a promessa! Após o café da manhã subi ao quarto de Henry e li para ele o artigo de Rutherford publicado no último fascículo da *Nature*. E quando Katy voltou das compras, chamei-a 'sra. Maartens' e me empenhei ao máximo para irradiar tanta serenidade quanto ela. O que no meu caso, é claro, era hipocrisia. No dela era só uma manifestação da natureza olímpica. Pouco antes do almoço as crianças chegaram de táxi, de mala e cuia. Katy era sempre a mãe onividente; mas sua onividência era temperada por igual, devido a uma gentil tolerância a imperfeições infantis. Desta vez, por algum motivo, foi diferente. Talvez o milagre da recuperação de Henry tivesse lhe subido à cabeça, tivesse lhe dado não apenas uma noção de poder mas também um desejo de exercê-lo de outras maneiras. Talvez, também, ela tivesse sido intoxicada por sua própria restauração repentina, após todas aquelas semanas de pesadelo, a um estado de graça animal mediante a satisfação do desejo. De qualquer maneira, não importa a causa, não importam as circunstâncias atenuantes, permanecia o fato de que, naquele dia em específico, Katy também estava onividente pela metade. Ela amava os filhos e seu retorno a encheu de alegria; contudo, assim que os viu ela foi acometida por uma espécie de compulsão de criticá-

-los, de fazer reprimendas, de atirar o peso da maternidade ao seu redor. Dois minutos após sua chegada ela já tinha espinafrado Timmy por não limpar as orelhas; depois de três, tinha feito Ruth confessar uma constipação; e, depois de quatro, tinha inferido, a partir do fato de que a menina não deixara ninguém desfazer suas malas, que ela devia estar escondendo algum segredo culposo. E lá — quando, a mando de Katy, Beulah abriu-lhe a valise — lá jazia o pequenino e culposo segredo: um estojo de cosméticos e o frasco de violeta sintética pela metade. No melhor dos tempos Katy teria desaprovado — mas desaprovado com compaixão, com uma gargalhadinha compreensiva. Nesta ocasião, sua desaprovação foi estrondosa e sarcástica. Mandou que jogasse o kit de maquiagem na lata de lixo e ela própria, com uma expressão de desgosto, entornou o perfume no vaso e puxou a cordinha. Quando nos sentamos para tomar a refeição, a poetisa, com o rosto corado e os olhos ainda inchados de tanto chorar, já odiava todo mundo — odiava a mãe por tê-la humilhado, odiava Beulah por ter profetizado com tanto acerto, odiava a pobre sra. Hanbury por estar morta e portanto dispensar os cuidados de Katy, odiava Henry por estar bem o bastante para ter permitido este desastroso regresso, e me odiava porque eu a tratara como a uma criança, porque eu lhe dissera que seu poema de amor era um relaxo e, o que era ainda mais imperdoável, porque mostrara preferir a companhia da mãe à dela."

"Ela suspeitou de algo?", perguntei.

"Ela provavelmente suspeitou de tudo", respondeu Rivers.

"Mas pensei que vocês estavam sendo sensatos."

"E estávamos. Mas Ruth sempre tivera ciúme da mãe. E agora a mãe a magoara, e ao mesmo tempo ela conhecia — teoricamente, é claro, mas em termos da mais violenta e hiperbólica linguagem — o tipo de coisa que se passava quando homens e mulheres se gostavam. O arroxeado dos punhos machucados; os lábios retorcidos e mordiscados. Et cetera. Ainda que nada jamais tivesse acontecido entre mim e Katy, ela teria acreditado no contrário e nos odiado na mesma medida, com esta nova e mais implacável forma de ódio. No passado seus ódios não haviam durado mais que um dia ou dois. Desta vez a história foi outra. Seu ódio era inclemente. Por dias a fio ela se recusou a falar conosco, mas permanecia sentada em toda refeição, num silêncio macabro, prenhe de críticas e condenações inarticuladas. Pobre Ruth! Dolores-Salomé era, é claro, uma ficção, mas uma ficção fundada na sólida realidade da puberdade. Ao ultrajar a ficção, Katy e eu, cada um à sua maneira, havíamos ultrajado algo real, algo que era parte da personalidade da criança. Ela voltara para casa com perfume e maquiagem, com peitos e vocabulário novinhos em folha, com as ideias de Algernon e os sentimentos de Oscar — voltara para casa cheia de vagas e incríveis expectativas, vagas e horripilantes apreensões; e o que acontecera com ela? Acontecera-lhe o insulto de ser tratada como o que de fato ainda era: uma criança irresponsável. O ultraje de não ter sido levada a sério. A dor e a humilhação de ver-se rejeitada pelo homem que escolhera como vítima e como Barba Azul porque havia outra mulher na jogada — e, para piorar as coisas, a outra mulher era sua própria mãe. Terá sido alguma surpresa que todos os meus esforços para desanuviar seu humor sombrio com risadas e bajulações tenham sido estéreis? 'Deixe-a quieta', aconselhou Katy. 'Que fique remoendo a raiva até cansar.' Mas os dias se passaram e Ruth não mostrava sinais de fadiga. Pelo contrário, parecia estar gostando dos amargores do orgulho ferido, do ciúme e da suspeita. E então, uma semana após o retorno das crianças, aconteceu algo que transformou o pesar crônico na animosidade mais aguda, mais feroz.

"Henry estava agora bem o bastante para conseguir se sentar, para caminhar pelo quarto. Mais alguns dias e ele estaria recuperado por inteiro. 'Mande-o ao campo por algumas semanas', aconselhou o médico. Mas tendo em vista o mau tempo do começo de primavera, tendo em vista a passagem de Katy por Chicago, a casa no campo ficara fechada desde o Natal. Para que se pudesse habitá-la de novo seria preciso arejá-la, espaná-la, abastecê-la. 'Faremos esse trabalho amanhã', sugeriu-me Katy certa manhã durante o café. Aos sobressaltos, feito um cão-da-pradaria pulando da toca, Ruth emergiu das profundezas de seu malévolo silêncio. Amanhã, murmurou raivosa, ela estaria na escola. E é *por isso*, respondeu Katy, que amanhã seria um dia tão bom para fazer as tarefas necessárias: nada de poetisas desafeitas ao trabalho devaneando pelos cantos e obstruindo os caminhos. 'Mas eu *preciso* ir', insistiu Ruth, com um estranho tipo de violência contida. 'Precisa?', ecoou Katy. 'Por que *precisa?*' Ruth olhou para a mãe por um momento, depois baixou os olhos. 'Porque...', principiou, pensou melhor e parou. 'Porque eu quero', concluiu indolente. Katy riu-se e disse-lhe que deixasse de ser boba. 'Sairemos cedinho', disse, voltando-se para mim, 'e levaremos uma cesta de piquenique.' A menina empalideceu, tentou comer sua torrada mas não conseguiu engolir, pediu licença e, sem esperar resposta, levantou-se e correu sala afora. Quando voltei a vê-la naquela tarde, seu rosto era uma máscara, inexpressiva mas de certa forma ameaçadora, de uma hostilidade controlada."

Fora, no saguão, eu tinha ouvido o ranger da porta da frente, depois o baque. E agora ouvíamos o som de passos e vozes baixas. Rivers se deteve e olhou para o seu relógio.

"São só onze e dez", disse e balançou a cabeça. Depois, levantando a voz: "Molly!", chamou. "É você?"

Jogado sobre um quadrado de pele branca e suave, pérolas e o corpete de um vestido de gala escarlate, um casaco de visom apareceu na soleira. Sobre ele havia um rosto jovem que seria mais bonito se seu semblante expressasse uma carranca menos amarga.

"Foi boa a festa?", perguntou Rivers.

"Péssima", disse a moça. "Foi por isso que voltamos cedo. Não foi, Fred?", acrescentou, voltando-se para o rapaz de cabelos escuros que a seguira para dentro da sala. O rapaz lançou-lhe um olhar de frio desagrado, e virou-se. "Não foi?", repetiu mais alto agora, quase com angústia na voz.

Um sorriso débil surgiu no rosto desviado e uma sacudida agitou os ombros largos, mas resposta, nenhuma.

Rivers voltou-se para mim.

"Você já conheceu a minha Molly, não?"

"Quando ela era *desta* altura."

"E esse", ele gesticulou a mão na direção do rapaz moreno, "é meu genro, Fred Shaughnessy."

Expressei meu prazer em conhecê-lo; mas o jovem nem olhou para mim. Fez-se um silêncio.

Molly pousou uma mão cheia de joias sobre os olhos.

"Essa minha dor de cabeça está de rachar", murmurou. "Acho que vou para a cama."

Tratou de ir embora; em seguida estacou e, com o que evidentemente representou enorme esforço, obrigou-se a dizer: "Boa noite".

"Boa noite", respondemos em coro. Mas ela já havia sumido. Sem dizer palavra, como se fosse um pistoleiro em sua cola, o rapaz se virou e a seguiu. Rivers suspirou profundamente.

"Eles chegaram ao ponto", disse, "em que o sexo parece enfadonho demais a não ser que seja a consumação de uma briga. E *esse* — cá entre nós — é o destino do pequeno Bimbo. Levará a vida de um filho de mãe divorciada com uma sucessão de amantes ou maridos, até que comece a enfear. Ou levará a vida de um filho de pais que deviam estar divorciados mas nunca conseguem se separar porque compartilham um inconfessável gosto por torturar e ser torturado. E em nenhum dos casos há algo que eu possa fazer. Aconteça o que acontecer, a criança irá passar necessariamente por um inferno. Talvez saia muito melhor e mais forte de tudo isso. Talvez seja destruída por completo. Quem poderá dizer? Certamente não *estes* garotões!" Ele apontou para a comprida prateleira de freudianos e jungianos com a haste de seu cachimbo. "A ficção da psicologia! Rende uma prazerosa leitura, bastante instrutiva, até. Mas até que ponto explica alguma coisa? Tudo menos o essencial, tudo menos as duas coisas que no fim determinam o curso de nossas vidas: Predestinação e Graça. Tome Molly como exemplo. Tinha uma mãe que sabia como amar sem desejar possuir. Tinha um pai que ao menos tinha juízo bastante para tentar seguir o exemplo da esposa. Tinha duas irmãs que em criança foram felizes e que deram em esposas e mães bem-sucedidas. Não havia desavenças no lar, nem tensões crônicas, nem tragédias ou explosões. De acordo com todas as regras da ficção da psicologia, Molly devia ser perfeitamente sã e satisfeita. Quando na verdade..." Ele deixou a sentença por completar. "E temos também o outro tipo de Predestinação. Não a Predestinação interior do temperamento e do caráter, mas a Predestinação de acontecimentos — o tipo de Predestinação que aguardava a mim, a Ruth e Katy. Não é bonito de se olhar, nem mesmo pela extremidade errada do binóculo."

Fez-se um longo silêncio, que não achei por bem romper.

"Bem", disse ele por fim, "voltemos a Ruth, voltemos àquela tarde do dia anterior ao piquenique. Voltei do laboratório e lá estava Ruth lendo na sala de estar. Como não ergueu o olhar quando entrei, afetei meu mais jovial desvelo e disse: 'Oi, moçoila!'. Ela se virou e me fulminou com um olhar demorado, sisudo e ameaçadoramente inexpressivo, depois voltou ao seu livro. Desta vez tentei jogar uma isca literária. 'Anda escrevendo poesia?', perguntei. 'Sim, ando', disse ela enfaticamente, e no seu rosto surgiu um sorrisinho ainda mais ameaçador que a inexpressividade de antes. 'E eu poderia ver?' Para minha grande surpresa, ela disse que sim. A coisa não estava lá muito terminada; mas amanhã estaria, sem falta. Esqueci-me completamente da promessa; mas na manhã seguinte, não deu outra: antes de ir para a escola, Ruth entregou-me um de seus envelopes de papel malva. 'Aqui está', disse. 'Espero que goste.' E dando-me mais um sorriso sinistro ela apressou-se para alcançar Timmy. Eu estava ocupado demais para ler o poema imediatamente, então meti o envelope no bolso e continuei a aprovisionar o carro. Roupa de cama, talheres, querosene — ia empilhando tudo lá dentro. Meia hora depois partimos. Beulah gritou seu adeus dos degraus da frente, Henry acenou-nos de uma janela do andar superior. Katy retribuiu o gesto e mandou um beijo. 'Eu me sinto como John Gilpin', ela disse feliz conforme manobrávamos para sair do acesso de entrada. *'Todos ávidos para encarar o que der e vier.'*[14] Era um daqueles dias líricos de princípio de maio, uma daquelas manhãs positivamente shakespearianas. Chovera durante a noite, e agora todas as árvores faziam uma mesura ante a passagem do vento fresco; as folhas novas cintilavam como joias na luz solar; as grandes nuvens de mármore nos horizontes eram algo que Michelangelo teria sonhado num momento de felicidade extática e pujança sobre-humana. E isso sem contar as flores. Flores nos jardins suburbanos, flores nos bosques e flores mais além; e toda flor tinha a cônscia beleza de um rosto amado, e sua fragrância era um segredo do Outro Mundo, suas pétalas tinham a suavidade, o sedoso frescor e a transigência da pele viva sob os dedos da minha imaginação. É desnecessá-

---

[14] "All agog to dash through thick and thin", verso do longo poema satírico *A divertida história de John Gilpin, que narra como ele foi mais longe do que pretendia e voltou para casa em segurança* (1782), de William Cowper (1731-1800).

rio dizer, é claro, que ainda estávamos sendo sensatos. Mas o mundo estava embriagado de suas próprias perfeições, alucinado com o excesso de vida. Cumprimos nosso dever, comemos nosso almoço de piquenique, fumamos nossos cigarros sentados em espreguiçadeiras debaixo do sol. Mas o sol estava muito forte e resolvemos terminar nossa soneca dentro de quatro paredes; e foi então que de fato aconteceu o que qualquer um poderia nos antecipar que iria acontecer... E aconteceu, como descobri repentinamente entre dois êxtases, sob a mira de um retrato de corpo quase inteiro de Henry Maartens, encomendado e ofertado a ele pelos diretores de alguma grande companhia de eletricidade que havia lucrado com seu aconselhamento profissional, e de um realismo fotográfico tão monstruoso que fora relegado para o quartinho reserva do sítio. Era um daqueles retratos que estão sempre olhando para você, como o Grande Irmão de *1984*, de Orwell. Virei minha cabeça e lá estava ele, em seu fraque preto, mirando solene — era a própria encarnação da opinião pública, o símbolo pintado e a projeção de minha consciência culpada. E perto do retrato havia um guarda-roupa vitoriano com espelho na porta que refletia a árvore do lado de fora da janela e, dentro do quarto, parte da cama, parte dos dois corpos salpicados com a luz do sol e as sombras balouçantes das folhas de carvalho. 'Perdoa-lhes, porque não sabem o que fazem.' Mas ali, a considerar o retrato e o espelho, não havia possibilidade de ignorância. E o conhecimento do que havíamos feito tornou-se ainda mais inquietante quando, meia hora depois, conforme eu vestia minha casaca, ouvi o farfalhar de papel duro num dos bolsos, e me lembrei do envelope malva de Ruth. O poema, desta vez, era uma narrativa em estrofes de quatro versos, uma espécie de balada sobre dois adúlteros, uma mulher infiel e seu amante, perante o tribunal de Deus no Julgamento Final. De pé lá no silêncio imenso e acusador, eles sentem mãos invisíveis a lhes arrancar todos os disfarces, veste após veste, até que por fim se encontram nus em pelo. Mais que nus em pelo, na verdade; pois seus corpos ressuscitados são transparentes. Pulmões e fígado, bexiga e entranhas, todos os órgãos, com seu excremento específico — tudo revoltantemente visível. E de repente descobrem que não estão sozinhos, mas em cima de um palco, sob holofotes, no meio de milhões de espectadores, fileiras e mais fileiras deles, vomitando com nojo incontrolável enquanto observam, ou escarnecendo, denunciando, pedindo vingança, gritando pelo chicote e brandindo os ferros. Havia uma espécie de malignidade cristã primitiva no poema, o que era ainda mais assustador uma vez que Ruth fora criada completamente fora do âmbito daquele hediondo tipo de fundamentalismo. Julgamento, inferno, punição eterna — não eram coisas em que ela fora ensinada a crer. Eram ideias que adotara para seus próprios desígnios, a fim de expressar o que sentia em relação à mãe e a mim. Para começar, ciúme; ciúme e amor rejeitado, vaidade ferida, colérico ressentimento. E o ressentimento tinha que ter um motivo respeitável, a cólera tinha que ser transformada em indignação justificada. Ela suspeitava o pior de nós para que pudesse justificar suspeitar o pior de nós. E suspeitava o pior de nós com tamanha veemência que, dentro de pouco ou nenhum tempo, não precisava mais adivinhar; ela *sabia* que éramos culpados. E sabendo que éramos culpados, a criança nela se via ultrajada e a mulher nela sentia um ciúme mais amargo, mais vingativo do que nunca. Com o coração despencando horrivelmente, com um terror galopante no rosto diante de um futuro imprevisível, li aquilo de cabo a rabo, reli, depois me voltei para Katy sentada em frente ao espelho do toucador, prendendo os cabelos, sorrindo diante da sorridente imagem de uma deusa e cantarolando uma melodia do *Casamento de Figaro*. '*Dove sono i bei momenti Di dolcezza e di piacer?*' Eu sempre admirei aquela divina despreocupação, aquele olímpico *je m'en foutisme*[15] dela. Agora, do nada, me enervava. Ela não tinha o direito de não sentir aquilo que a leitura do poema de Ruth havia me feito sentir. 'Quer saber', eu disse, 'por que nossa adorável Ruthy tem agido dessa forma? Quer saber o que realmente pensa de nós?' E ao cruzar a sala lhe entreguei as duas folhas de papel de carta púrpura nas quais a criança tinha copiado seu poema. Katy começou a ler. Ao estudar seu rosto pude ver o olhar de divertimento (porque a poesia de Ruth era uma piada constante na família) dar lugar a uma expressão de grave e concentrada atenção. Depois uma ruga vertical lhe apareceu na testa, bem no meio dos olhos. A testa franziu ainda mais e, ao passar para a página seguinte, ela mordeu o lábio. A deusa, afinal de contas, era vulnerável... Eu havia marcado um ponto; mas foi um triunfo muito pobre, que acabou tendo não um, mas dois coelhos desacorçoados na mesma armadilha. E era o tipo de armadilha que Katy estava totalmente despreparada para desmontar. A maioria das situações desconfortáveis ela apenas ignorava; passava

---

15 Desdém, indiferença; "pouco se me dá".

batido por elas como se não existissem. E com efeito, quando continuava a ignorá-las por tempo e serenidade bastantes, elas deixavam de existir. As pessoas que ela havia ofendido a perdoavam, porque era demasiado bonita e bem-humorada; as pessoas que morriam de preocupação ou que causaram embaraço a outrem sucumbiam ao contágio de sua divinal indiferença, e por um momento se esqueciam de ser neuróticas ou malignas. E quando a técnica de ser serenamente desprendida não funcionava, ela dispunha de outra artimanha — a técnica de avançar onde os prudentes costumam empacar; a técnica da alegre falta de tato, soltando enormes disparates com toda a inocência e simplicidade, expressando as verdades mais indelicadas com o mais irresistível dos sorrisos. Mas aquele era um caso em que nenhum desses métodos funcionaria. Se ela não dissesse nada, Ruth continuaria agindo como agira até então. E se se precipitasse e falasse tudo, só Deus sabia o que uma adolescente perturbada poderia fazer. E entrementes havia que se pensar em Henry, no próprio futuro dela como o único e — disso estávamos convencidos — completamente indispensável esteio de um gênio doente e seus filhos. Ruth estava na posição, e talvez estivesse também agora no clima, de fazer ruir todo o templo de suas vidas com o único propósito de obter uma desforra de sua mãe. E não havia nada que uma mulher que tinha o temperamento de uma deusa, sem a onipotência da deusa, pudesse fazer a respeito. Havia, no entanto, algo que *eu* poderia fazer; e conforme discutíamos a situação — pela primeira vez, lembre-se, desde que havia uma situação a discutir! — ficou cada vez mais claro o que era esse algo. Eu poderia fazer o que eu sentia que devia ter feito logo após aquela primeira noite apocalíptica — sair de cena.

"Katy não queria ouvir de jeito nenhum, e tive que discutir com ela por todo o caminho até a casa — argumentando contra mim mesmo, contra minha própria felicidade. No fim ela se deixou convencer. Era a única maneira de sair da armadilha.

"Ruth nos mirou, ao chegarmos em casa, feito um detetive procurando pistas. Depois me perguntou se eu havia gostado de seu poema. Disse-lhe a mais pura verdade — que era a melhor coisa que ela já tinha escrito. Ela se contentou, mas fez de tudo para não transparecer. O sorriso que iluminou seu rosto foi quase instantaneamente reprimido, e ela me perguntou, de uma maneira propositadamente significativa, o que eu havia achado do mote do poema. Eu estava preparado para a pergunta e respondi com uma gargalhada indulgente. Lembrava-me, eu disse, os sermões que meu pobre pai costumava fazer na quaresma. Em seguida olhei para o meu relógio, disse alguma coisa acerca de tarefas urgentes e saí deixando-a, como pude ver pela expressão em seu rosto, desnorteada. Ela ansiara, imagino, por uma cena em que interpretaria um juiz de frieza implacável, enquanto eu, o réu, daria uma mostra de infames evasivas, ou desabaria e confessaria. Em vez disso, o réu rira e o juiz recebera um gracejo irrelevante a respeito de clérigos. Eu tinha ganhado uma batalha; mas a guerra ainda grassava e só iria terminar com minha retirada; era simples assim.

"Dois dias depois era sexta-feira, e, como acontecia toda sexta-feira, o carteiro trouxe a carta semanal de minha mãe, e Beulah, ao pôr a mesa para o café da manhã, deixou-a conspicuamente (pois ela era partidária das mães) perto da minha xícara de café. Eu a abri, li, aparentei seriedade, li-a de novo, depois resvalei num silêncio preocupado. Katy pegou a deixa e perguntou, solícita, se eu recebera más notícias. Ao que respondi, é claro, que não eram muito boas. A saúde de minha mãe... O álibi estava preparado. Naquela noite estava tudo acertado. Oficialmente, como chefe do laboratório, Henry me dera duas semanas de licença. Eu pegaria o trem das dez e meia domingo de manhã e, antes disso, no sábado, iríamos todos escoltar o convalescente até o chalé e fazer um piquenique de despedida.

"Éramos muitos para um só carro; então Katy e as crianças seguiram primeiro, no Overland de propriedade da família. Henry e Beulah, com boa parte da bagagem, foram comigo no Maxwell. Os outros ganharam um boa distância de nós; porque quando estávamos a alguns quilômetros de casa, Henry descobriu, como de hábito, que tinha esquecido algum livro absolutamente indispensável, e tivemos de voltar para procurá-lo. Dez minutos depois estávamos de novo a caminho. A caminho, como iríamos descobrir, daquele encontro com a Predestinação."

Rivers terminou o uísque e bateu o cachimbo.

"Mesmo usando o binóculo invertido, mesmo em outro universo, habitado por diferentes criaturas..." Ele balançou a cabeça. "Há coisas que são simplesmente impossíveis de aceitar." Houve uma pausa. "Bem, vamos acabar logo com isso", disse por fim. "A cerca de três quilômetros daquele lado do chalé de verão havia um cruzamento onde era preciso quebrar à esquerda. Ficava num bosque e as folhas eram tão espessas que não se podia ver o que vinha de nenhum dos lados. Ao chegarmos lá, desacelerei, buzinei, diminuí a marcha e virei. E de repente, conforme eu fazia o contorno, lá estava o Overland conversível na vala, emborcado, e perto dele um caminhão enorme com o radiador amassado. E entre os dois veículos havia um jovem rapaz de calça jeans ajoelhado ao lado de uma criança, que gritava. Três ou quatro metros à frente havia mais duas coisas que lembravam bolos de roupas velhas, feito amontoados de lixo — lixo com sangue."

Fez-se outro silêncio.

"Estavam mortas?", perguntei finalmente.

"Katy morreu alguns minutos após chegarmos à cena, e Ruth morreu na ambulância a caminho do hospital. Uma morte pior esperava Timmy em Okinawa; ele saiu do acidente com alguns cortes e um par de costelas quebradas. Estava sentado no assento traseiro, conforme nos contou, com Katy ao volante e Ruth ao lado dela no carona. Travavam uma discussão, e Ruth estava brava com alguma coisa — ele não sabia o que, porque não estava ouvindo; concentrava-se em aventar uma maneira de eletrificar seu trem de corda e, de qualquer maneira, ele nunca prestava muita atenção no que Ruth dizia quando estava brava. Prestar atenção nela só fazia piorar as coisas. Mas a mãe dele *prestara* atenção. Ele se lembrava de ela ter dito: 'Você não sabe do que está falando', e depois: 'Eu a proíbo de dizer essas coisas'. E então eles fizeram a curva, e iam rápido demais e ela não apertou a buzina e aquele caminhão enorme bateu de chapa na lateral do automóvel. Então veja você", concluiu Rivers, "de fato eram as duas espécies de Predestinação. A Predestinação dos eventos, e ao mesmo tempo a Predestinação de dois temperamentos, o de Ruth e o de Katy — o temperamento de uma criança ultrajada, que era também uma mulher ciumenta; e o temperamento de uma deusa, acossada pelas circunstâncias e subitamente cônscia de que, objetivamente, não passava de um ser humano, para quem o temperamento olímpico poderia, na verdade, ser uma desvantagem. E a descoberta foi tão perturbadora que a tornou descuidada, deixando-a incapaz de lidar adequadamente com os eventos pelos quais ela estava predestinada a ser destruída — e destruída (mas isto para o *meu* calejamento, é claro, este era um dos itens de *minha* Predestinação psicológica) com todo o requinte do ultraje físico — um olho arrancado por um estilhaço de vidro, o nariz e os lábios e o queixo quase apagados, esfregados que foram no sangrento macadame da estrada. E a mão direita esmagada e as extremidades irregulares de uma tíbia partida atravessando a meia-calça. Foi algo com que sonhei quase toda noite. Katy com as costas viradas para mim; e ela estava ou na cama do sítio ou de pé à janela do meu quarto, jogando o xale por sobre os ombros. E então ela se virava e olhava para mim, e não havia rosto, apenas aquela nesga de carne esfolada, e eu acordava aos gritos. Cheguei ao ponto de não ter coragem de dormir de noite."

Ouvindo-o, lembrei-me daquele jovem John Rivers que, para minha grande surpresa, eu encontrara em Beirute, em 1925, lecionando física na Universidade Americana.

"Era por isso que parecia tão doente?", perguntei.

Ele assentiu com a cabeça.

"Pouco sono e muita memória", disse. "Eu estava com medo de ficar louco, e para que isso não acontecesse, decidi me matar. Depois, bem em cima da hora, a Predestinação tratou de trabalhar e chegou com a única espécie de Graça que podia me fazer algum bem. Conheci Helen."

"No mesmo coquetel", intervim, "onde *eu* a conheci. Você se lembra?"

"Desculpe, não lembro. Não me lembro de ninguém naquela ocasião exceto Helen. Quem é salvo de um afogamento lembra-se tão só do salva-vidas, não dos espectadores no píer."

"Não admira que eu nunca tenha tido uma chance!", eu disse. "Na época eu costumava pensar, bastante amargamente, que era porque as mulheres, até a melhor delas, até as mais raras e extraordinárias Helens, preferem uma boa aparência à sensibilidade artística, preferem os músculos com cérebro (pois eu era obrigado a admitir que você tinha cérebro!) aos cérebros com aquele singular *je ne sais quoi* que eu pensava ser a *minha* especialidade. Agora vejo qual era a sua irresistível atratividade. Você era infeliz."

Ele concordou com a cabeça, e fez-se um longo silêncio. Um relógio bateu as doze.

"Feliz Natal", eu disse e, terminando meu uísque, levantei-me para partir. "Você não me contou o que aconteceu ao pobre Henry após o acidente."

"Bem, ele começou, é claro, tendo uma recaída. Que não era muito grave. Dessa vez ele não tinha nada a ganhar indo dar às portas da morte. Apenas um caso brando. A irmã de Katy veio para o velório e ficou para cuidar dele. Ela era como uma caricatura de Katy. Gorda, rosada, ruidosa. Não uma deusa disfarçada de camponesa — uma garçonete que pensava ser uma deusa. Era viúva. Quatro meses depois, Henry casou-se com ela. Eu já tinha ido a Beirute na época;

então nunca testemunhei seu beatífico conúbio. Mas a julgar por todos os relatos, foi intenso. Mas o peso foi demais para a pobre mulher. Morreu em 35. Henry logo arrumou uma jovem ruiva, chamada Alicia. Alicia queria ser admirada por seu busto de noventa e seis centímetros, mas ainda mais por seu intelecto de quinhentos. 'O que acha de Schrödinger?', perguntavam a ele; mas era Alicia quem respondia. Ela o acompanhou até o fim."

"Quando foi que o viu pela última vez?", perguntei.

"Poucos meses antes de morrer. Aos oitenta e sete ainda era impressionantemente ativo, ainda repleto daquilo que seu biógrafo gosta de chamar de 'inalterada chama do poder intelectual'. A mim ele me parecia um macaco mecânico ao qual deram muita corda. Raciocínio mecânico; gestos mecânicos, caretas e sorrisos mecânicos. E as conversas também. Eram como gravações em fita das velhas anedotas sobre Planck, Rutherford e J. J. Thompson, realísticas ao extremo! De seus célebres solilóquios sobre positivismo lógico e cibernética! De reminiscências sobre os excitantes anos de guerra quando ele trabalhava na bomba A! De suas especulações alegremente apocalípticas sobre as maiores e mais infernais máquinas do futuro! Você poderia jurar que se tratava de um ser humano verdadeiro quem falava. Mas aos poucos, enquanto a gente o ouvia, percebia-se que não havia ninguém em casa. As fitas pareciam estar sendo reproduzidas no automático, como se fosse *vox et praetera nihil* — a voz de Henry Maartens sem a substância do próprio."

"Mas não era isso exatamente o que você estava recomendando fazer?", perguntei. "Aprender a morrer a cada momento."

"Mas Henry não tinha morrido. Essa é a questão. Ele simplesmente dava corda no mecanismo e se retirava para outro lugar."

"Para onde?"

"Só Deus sabe. Para algum tipo de toca infantil em seu subconsciente, imagino. Por fora, à vista e aos ouvidos de todos, ele era aquele estupendo macaco de corda, aquela inalterada chama de poder intelectual. Por dentro, espiava aquela miserável criaturinha que ainda precisava de bajulação e sexo e um útero-substituto — a criatura que teria de expiar os pecados no leito de morte de Henry. *Aquilo* ainda estava freneticamente vivo e despreparado por qualquer morte preliminar, totalmente despreparado para o momento decisivo. Ora, o momento decisivo agora passou, e o que quer que reste do pobre Henry anda provavelmente chiando e tagarelando pelas ruas de Los Alamos, ou quem sabe à volta da cama de sua viúva e de seu novo marido. E é claro que ninguém presta atenção alguma, ninguém dá a mínima. E com razão. Que os mortos enterrem seus mortos. E agora imagino que você queira ir." Ele levantou-se, pegou meu braço e caminhou comigo até o vestíbulo. "Dirija com cuidado", disse ao abrir a porta da frente. "Este é um país cristão e é o aniversário do Salvador. Praticamente todo mundo que você encontrar vai estar bêbado."

ESTE LIVRO, COMPOSTO NA FONTE FAIRFIELD,
FOI IMPRESSO EM PÓLEN BOLD 90 G/M², NA GRÁFICA IMPRENSA DA FÉ.
SÃO PAULO, BRASIL, AGOSTO DE 2018.